"행복한 결혼생활을 위한 마음 이야기"

스님의 주례사

법륜 지음 | 김점선 그림

정토출판

"행복한 결혼생활을 위한 마음 이야기"

스님의 주례사

차

례

개정판 서문 ──────── 결혼, 세상을 바꾸는 출발점 · 6

들어가는 글 ──────── 용감하게 결혼을 결심한 당신에게 · 9

하나 ──────── 기대고 싶어 사랑한다면 · 14

최고의 배우자를　　조건 좋은 사람을 만나면 행복할까 · 21

만나는 인연법　　　망설이는 결혼, 부모 탓인가 욕망 탓인가 · 26

　　　　　　　　　　행복한 가정을 만드는 마음 · 32

　　　　　　　　　　진정한 믿음이 있는 사랑이란 · 39

　　　　　　　　　　나이 차이가 많은 결혼 · 43

　　　　　　　　　　결혼과 동거, 관념을 넘어선 선택 · 48

　　　　　　　　　　사주, 궁합의 딜레마 · 51

　　　　　　　　　　종교가 다른 결혼 · 57

　　　　　　　　　　피할 수 없는 인연과보 · 61

둘 ──────── 사랑 좋아하시네 · 70

사랑　　　　　　　잘 보이려 속이고 속는 마음 · 78

좋아하시네　　　　내 틀에 상대를 가두지 마라 · 85

　　　　　　　　　　착각, 보고 싶은 것만 보는 마음의 작용 · 89

　　　　　　　　　　괴로운 이유는 사랑하지 않기 때문에 · 93

　　　　　　　　　　맺힌 것은 풀어라 · 99

　　　　　　　　　　상대의 생각까지 간섭하려는 마음 · 105

　　　　　　　　　　남편을 원수로 만든 의심 · 109

　　　　　　　　　　관심도 지나치면 집착 · 116

　　　　　　　　　　독재자형 소통에서 벗어나기 · 122

　　　　　　　　　　결혼은 구속이 아니다 · 127

셋 ────────────

사랑에도
연습이 필요하다

작은 상처에 주의하라 · 132

사랑하는 사이에 더 쉽게 상처 받는다 · 139

성격이 다른 사람끼리 사는 법 · 143

외도로 생긴 우울증 털어내기 · 148

남편에 대한 소유권 내려놓기 · 156

게임 도박에 빠진 남편 · 163

서로 다를 뿐 · 169

감사의 기도 제대로 하기 · 175

배우자를 대하는 현명한 자세 · 179

화내는 사람과 좋은 인연 짓는 법 · 185

지난 인연을 놓으면 새로운 인연이 다가온다 · 193

남을 바꾸려 말고 나를 변화시켜라 · 199

사랑한다면 아픔마저 껴안아라 · 209

넷 ────────────

행복한 인연 짓는
마음의 법칙

무지, 만병의 근원 · 214

운명은 어제의 습관에서 결정된다 · 220

100만 원짜리 집의 행복 · 224

다 이룬다고 좋은 것은 아니다 · 231

힘들 때는 무조건 쉬어라 · 240

부모에서 자녀까지 이어지는 심리적 대물림 · 246

긍정의 마음, 미래를 바꾼다 · 250

절망감, 욕심에서 나온다 · 257

그냥 놓아라 · 264

내 삶의 주인으로 살기 · 268

결혼, 세상을 바꾸는 출발점

결혼은 인생에서 가장 중요한 선택 중 하나입니다. 하지만 많은 사람이 이 선택의 무게를 감당하지 못하고 상대방에게 지나치게 기대해서 오히려 실망과 분노 속에서 갈등을 키우며 살아갑니다. "왜 내 말은 안 들어줄까?", "왜 여러 번 말했는데도 고치지 않을까?"라며 문제를 상대 탓으로 돌리는 순간, 갈등은 점점 더 커져 갑니다.

결혼은 두 사람이 함께 만들어가는 삶의 여정입니다. 서로 다른 환경에서 자란 사람이 서로 양보하며 맞추어 가는 과정입니다. 여기에는 수많은 갈등도 있고 예상치 못한 문제가 발생하기도 합니다. 그러나 중요한 것은 그 갈등이 특별하지 않다는 점입니다. 우리는 비슷한 문제를 겪으며 살아가고 있고, 그 해법은 서로의 차이를 인정하고, 이해하는 데 있습니다. 내 옆에 있는 사람이 어떤 사람인지, 어떤 생각을 하고, 어떤 마음 상태인지 모른 채 내 생각대로, 내 마음대로 하려고 하지는 않는지 먼저 점검해 보세요.

급변하는 현대 사회에서는 결혼과 가정의 역할도 새롭게 정의될 필요가 있습니다. 우리는 개인의 행복과 가족의 안정을 넘어서, 더 큰 공동체인 국가와 인류를 바라볼 수 있어야 합니다. 나의 가족만을 위한 생각에서 벗어나, 어려움에 처한 이웃과 더 나아가 지구 반대편의 누군가도 내 가족처럼 생각하는 마음을 키워야 합니다. 굶주린 아이를 보며 내 자식을 떠올리고, 고통 속에 쓰러진 타인을 보며 내 형제처럼 느끼는 것, 그것이 바로 진정한 자비심, 인류애입니다.

결혼은 이런 변화의 출발점이 될 수도 있습니다. 또 나만을 생각하다가 배우자를 생각하는 마음을 내면 곧 더 넓은 마음을 낼 수도 있습니다. 배우자와 자녀를 소유물로 보지 말고, 미래를 이끌어 갈 인류 시민으로 바라보면 좋겠습니다. 가정에서 시작된 이런 작은 변화는 더 큰 세상을 향한 첫걸음이 될 것입니다. 한 세대가 인류애를 배우고, 그것을 실천하며 살아갈 때, 우리는 자녀들에게 "우리 부모님들은 올바른 길을 걸었다."는 믿음을 심어줄 수 있습니다.

오늘부터, 내 가족을 '내 것'으로 묶어두지 말고, 더 큰 세계로 나아가게 하는 발판으로 삼아보십시오. 함께 살아가는 세상, 함께 성장하는 세상을 향한 긴 여정은 바로 여기, 함께하는 부부에서부터 시작됩니다.

2024년 12월 겨울

법륜

용감하게 결혼을 결심한 당신에게

상담을 하다 보면 가장 많이 받는 질문이 부부 사이에 생긴 갈등 문제예요. 서로 사랑해서 결혼한 부부 사이에 왜 이렇게 많은 갈등이 생길까요? 결혼할 때는 서로 사랑하는 마음으로 결혼을 합니다. 이 마음이 10년, 20년 가면 얼마나 좋겠습니까?

그런데 막상 결혼해 놓고는 3개월, 3년을 못 넘기고, 심지어 신혼여행을 다녀와서 "아이고, 남편 때문에 못살겠다, 아내 때문에 못살겠다."고 불평불만을 늘어놓습니다. 결혼생활이 이렇게 괴로움 속에서 돌고 도는 데는 이유가 있습니다. 결혼할 때 여러분의 속마음은 어떻습니까? 선도 보고, 사귀기도 하면서 이것저것 따져 봅니다. 이때의 근본 심보는 덕을 보자는 것입니다. '저 사람이 돈은 얼마나 있나, 학벌은 어떤가, 지위는 높은가.' 이렇게 따져가며 고릅니다. 돈이 없어서 돈 있는 사람을 구하고, 외로워서 위로해 줄 사람을 구합니다. 이건 지극히 이기적인 마음에서 시작된 관계입니다. 이런 관계는 반드시 과보를 받게 된다는 사실을 알아야 합니다.

내가 상대를 재게 되면 상대는 어떨까요? 그 사람 역시 재게 됩니다. 인생 이치가 그렇습니다. 또 내가 부족해서 상대를 필요로 하기 때문에 자꾸 기대감이 생기게 됩니다. 그런데 문제는 상대도 그렇다는 것입니다. 그래서 막상 결혼해서 살아 보면, 내 기대가 무너지듯 상대의 기대도 무너집니다. 이때 내 기대가 무너진 것만 문제 삼지 말고, 상대도 기대를 갖고 있다는 것을 이해하면서 상대가 실망할 때 실망할 만하다고 인정하며 받아주면 관계가 좋아집니다. 또 내가 상대에 대해 실망할 때, 이게 상대의 문제가 아니라 내 기대가 높았다는 것을 자각하면 문제를 해결하기 쉽습니다.

행복은 결혼한다고 저절로 오는 것이 아닙니다. 결혼과는 상관없는 것입니다. 그러나 사람들은 혼자 살면 외로워서 결혼하고, 같이 살면 귀찮아합니다. 결혼은 혼자 살아도 외롭지 않고 같이 살아도 귀찮지 않을 때 해야 합니다. 스스로 정진하고 수행해서 완전한 사람끼리 만나는 것이 가장 바람직한 방법입니다. 그때 비로소 결혼이 서로를 속박하지 않게 됩니다.

자기 마음대로 살려면 혼자 살아야 합니다. 결혼해서 다른 사람과 같이 살려면 상대와 맞춰야 합니다. 또 자식을 낳았으면 책임을 져야 합니다. 자식은 부모를 닮습니다. 자기의 싫은 모습을 닮지 않게 하려면 여러분이 변해야 합니다. 그러기 위해서 자식이 있는 사람들이 자식이 없는 스님보다 열 배, 백 배 더 열심히 수행해야 합니다.

내가 온전한 상태에서 관계를 맺을 때 상대에게 도움을 줄 수 있습니다. 내가 온전하기 때문에 상대에게 기대하는 것이 없습니다. 기대하는 것이 없기 때문에 상대를 더 잘 이해하고 상대에게 도움을 주는 사람이 될 수 있습니다. 베풀겠다는 마음으로 결혼하면 길 가는 사람 아무하고 결혼해도 별 문제가 없습니다. 하지만 상대에게 덕을 보겠다는 생각으로 고르면, 백 명 중에 고르고 골라도 제일 엉뚱한 사람을 골라 결국엔 후회하게 됩니다. 그러니 결혼생활을 잘하려면 상대에게 덕 보려고 하지 말고 '손해 보는 것이 이익이다.'는 것을 확실하게 알고 새겨야 합니다. 제가 축의금 대신 이런 말로 축하를 해드리니 명심하시기 바랍니다.

하
나

최 고 의
배 우 자 를
만 나 는
인 연 법

기대고 싶어 사랑한다면

"결혼은 반쪽 두 개가 합쳐져서 온쪽이 되는 것이다."

흔히 이렇게 생각합니다. 그래서 배우자를 '자신의 반쪽'이라고도 합니다. 그런데 반쪽과 반쪽을 합치면 가운데 금이 생깁니다. 전체 모양은 온쪽 같지만, 갈라진 금 때문에 영원히 반쪽일 수밖에 없습니다.

흔히 외롭거나 힘들 때 기댈 수 있는 사람을 찾습니다. 그러나 내가 부족해서 누군가를 필요로 하면 자꾸 상대에게 기대감이 생깁니다. 상대에 기대어 외로움을 채우려고 한다면, 완전한 행복에 이를 수 없습니다. 한쪽이 떨어져 나가면 다시 반쪽이 되기 때문입니다.

상대가 없어도 내가 완전해야 합니다. 즉 온쪽이 되어야 합니다. 상대의 온쪽과 내 온쪽이 합쳐져 가운데 금이 없는 하나가 되어야 합니다. 그래야 하나가 없어져도 다시 온쪽이 될 수 있습니다. 상대에게 기대지 않고 스스로 설 수 있어야 합니다. 스스로 서면 상대가 필요 없을까요? 그렇지 않습니다. 내가 온전하면 상대에게 기대하는 것이 없고, 기대하는 것이 없기 때문에 상대를 더 잘 이해하고, 상대가 원할 때 도움을 줄 수 있습니다.

힘들 때 마음의 위안을 얻으려고 연애를 하다 보면, 보통 나이 차이가 많은 사람을 만날 확률이 높습니다. 나이 차이가 많은 경우 내 마음대로 해도 다 받아 주고 상대가 나를 품어 주기 때문입니다.

그런데 나이 많은 사람과 같이 살면 의지해서 살 수는 있지만, 평생 모셔야 합니다. 어릴 때는 상대가 나를 보살펴 주는 게 좋아서 사귀지만, 나이가 들수록 대화가 하고 싶어집니다. 하지만 나이 차이가 많으면 대화가 잘되지 않습니다. 늘 위계가 생겨요.

그러니 나이 차이가 많이 나는 배우자를 선택할 때는 미리 각오해야 해요. 남편인 동시에 아버지, 아내인 동시에 어머니라고 생각해야지, 친구이기는 포기해야 합니다. 친구 관계까지 원하면 갈등이 생깁니다.

가장 좋은 방법은 두 사람 모두 수행을 해서 완전한 사람끼리 만나는 것입니다. 그러면 관계가 훨씬 부드러워집니다. 결혼을 해도 서로를 속박하지 않게 됩니다. 그런데 대부분의 결혼생활은 서로를 속박합니다. 결혼생활 때문에 친구도 못 만나고, 술도 못 마시고, 취미생활도 못 한다고 아우성입니다. 이것은 결혼생활의 출발이 잘못되었기 때문에 그렇습니다.

외로워서 함께 살면 나중에는 서로를 속박하게 되고, 상대가 귀찮게 느껴집니다. 귀찮게 느껴지면 헤어지게 되고, 헤어지면 다시 외로워집니다. 외로워서 또 사람을 찾게 되고, 같이 살면 또 귀찮아지고, 그래서 방황을 합니다. 잘했다 잘못했다가 아니라, 우리의 마음이 그렇게 작용하는 것입니다. 이 마음의 이치를 알고 대응해야 합니다.

알면서도 자꾸 기대고 싶은 마음이 올라와서 힘들어하는 경우가 있습니다. 기대고 싶은 마음이 일어나는 것은 내 카르마(업)이기 때문에 어쩔 수 없습니다. 그러나 기대고 싶은 마음에 사로잡히면 안 됩니다. 거기에 빠져 그 마음을 따라가게 되면 결국은 스스로를 속박하게 됩니다. 그렇다고 "기대고 싶은 마음아, 일어나지 마라."한다고 해서 일어나지 않는 게 아닙니다. 이것은 무의식에서 저절로 일어나기 때문에 의지로 바꿀 수 있는 것이 아니에요. 이럴 때는 일어나는 마음을 잘 살펴봐야 합니다. 기대는 마음을 따라갈 때는 스스로 속박하게 될 것을 각오해야 해요.

부모가 자식을 보살펴 주긴 하지만 잔소리꾼일 수 있습니다. 집은 우리를 편안하게 보살펴 주지만 대신 감옥일 수 있습니다. 두 가지 성격을 가지고 있는 것이지요. 감옥이 싫어 집을 뛰쳐나가면 나

그네가 됩니다. 나그네가 되면 외로워서 집으로 돌아옵니다. 집에 돌아오면 가족들 눈치 보고 살아야 하니까 또 뛰쳐나갑니다. 뛰쳐나가면 또 외로워지니 다시 돌아옵니다. 이것이 방황하는 우리 인생입니다. 즉 혼자 있으면 외롭고, 둘이 있으면 귀찮습니다. 이래도 문제고, 저래도 문제예요.

이래도 좋고 저래도 좋으려면 혼자 있어도 외롭지 않아야 하고, 둘이 있어도 귀찮지 않아야 합니다. 온쪽이 되면 혼자 있어도 외롭지 않고, 둘이 있어도 귀찮지 않게 됩니다. 상대에게 바라는 것이 없기 때문에 귀찮을 일이 없는 겁니다. 혼자 있어도 외롭지 않은 사람은 누구한테 바라는 것이 없으니 부족함을 느끼지 않습니다. 혼자 살아도 되고, 같이 살아도 되니 선택이 자유롭습니다.

스스로를 잘 살펴 만약 누군가에게 기대는 성격이라면 카르마(업)대로 살든지, 아니면 외로울 때일수록 사람을 만나서 해결하려 하지 말고 스스로 해결해 보려고 노력해야 합니다. '외로움이 어디서 오는가?'를 자세히 살펴보는 거예요.

외로움은 우리가 마음의 문을 닫았을 때 생겨납니다. 내 옆에 사람이 없어서 외로운 게 아니에요. 싫어하는 마음을 내면 부부가 한 이불 속에서 껴안고 자도 외롭습니다. 그러나 싫어하는 마음이 없으면 깊은 산속에서 혼자 10년을 살아도 외롭지가 않아요. 외로움은 '같이 사느냐, 떨어져서 사느냐'에서 발생하는 문제가 아닙니다.

마음의 문을 닫으면 외로워지는 거예요. 그러면 수많은 사람들과 어울려 사는 환경에서도 어쩔 수 없이 외롭습니다.

반면 마음의 문을 활짝 열면 깊은 산속에 혼자 살아도 외롭지 않습니다. 풀벌레도 친구가 되고 새도, 다람쥐도, 밤하늘의 별도 친구가 됩니다. 눈을 뜨고 있으면 밤에도 무언가 보입니다. 그러나 눈을 감고 있으면 대낮에도 아무것도 안 보여요. 외롭다는 것은 지금 눈을 감은 채 대낮에도 어둡다고 고함치는 사람과 같아요. 즉, 스스로 마음의 문을 닫고 있기 때문에 외로운 겁니다. 그걸 알아차려서 스스로 외로움에서 벗어나 버리면 외로움 때문에 사람을 찾지는 않게 됩니다.

흔히 돈이 없어서 돈 있는 사람을 찾고, 외로워서 위로해 줄 사람을 찾습니다. 어쨌든 이건 자신의 이기심 아닙니까? 이기심으로 누군가를 만나면 반드시 과보를 받게 됩니다. 어쩌면 이게 인생살이인지도 모릅니다. 하지만 이때는 과보를 받겠다는 각오를 해야 하는데, 과보가 따르는 줄을 모르고 선택하는 데에 문제가 있습니다. 또 내가 상대에게 실망할 때, 상대 탓이 아니라 자신의 기대가 높았다는 것을 자각하면 문제를 쉽게 해결할 수 있습니다.

"좋은 배우자 만나게 해주세요."

이런 기도를 할 것이 아니라, 자기 점검부터 먼저 해 나가야 합니다. 그러다보면 스스로를 돌아보며 온전히 혼자 설 수 있는 힘이 생깁니다. 결혼을 해야 한다, 하지 말아야 한다고 얘기하는 게 아닙니다. 결혼했으면 결혼생활이 행복하도록 노력하고, 혼자 살면 혼자 사는 삶이 행복하도록 노력해야 한다는 겁니다. 행복은 결혼 자체와는 상관없습니다. 그런데도 사람들은 혼자 살면 외로워하고 같이 살면 귀찮아하면서 끝없이 갈등합니다. 이 마음을 잘 살펴야 합니다.

조건 좋은 사람을 만나면 행복할까

누구나 좋은 조건을 갖춘 사람을 만나고 싶어 합니다. 그리고 그런 상대를 만나면 "참 잘 잡았다.", "잘 만났다."며 결혼을 합니다. 그런데 막상 살아보면 그게 도리어 괴로움의 원인이 됩니다. 인물도 괜찮고, 돈도 있고, 교양도 있는 사람은 나뿐만 아니라 다른 사람도 좋아합니다. 좋은 조건을 갖춘 사람은 결혼한 뒤에도 인기가 많습니다. 바로 여기에서 문제가 생깁니다. 잘 잡았다고 생각할수록 문제가 따르는 것입니다.

나보다 못한 상대가 다른 이성을 만났을 때 못 봐주겠다 싶으면 "안녕히 계십시오." 하고 간단하게 끝내면 됩니다. 고민할 일도 아닙니다. 그런데 상대가 조건이 좋을 때는 갈등이 생깁니다. 문제가 있지만 헤어지자니 그만한 조건의 사람을 또 만나기는 어려울 것 같아 결정을 못 내립니다. 상대에 비해 내가 뭔가 부족하다 싶어 열등감에 사로잡히고 피해의식까지 생깁니다. 그러다 보면 자꾸 상대를 의심하게 되고 짜증내거나 잔소리를 하는 일이 잦아집니다. 그러면 자신도 괴롭고 상대도 괴로워지면서 관계가 점점 멀어집니다. 따라서 배우자를 선택하기 전에 미리 잘 생각해야 합니다.

상대가 나만 보고 살기를 원하면 어떻게 해야 할까요? 나보다 조금 부족한 사람하고 결혼하는 게 낫습니다. 그러면 상대가 나만 바라볼 확률이 높습니다. 물론 그래도 문제가 생길 수는 있습니다. 하지만 남들이 보기에도 괜찮은 사람하고 결혼하면 배우자가 다른 이성을 만날 확률은 더 높아집니다. 이것을 미리 알아야 합니다. 그런데 사람들은 당장 눈앞에 보이는 이익에만 어두워서 지금 좋은 것이 미래의 고통이 될 수 있다는 사실을 모릅니다.

'5년을 살든 10년을 살든 괜찮은 사람하고 한 번 살아 봐야지.' 이렇게 판단하고 마음을 비우면 나중에 혹시 상대가 바람을 피우더라도 어떻게 받아들일까요? '올 게 왔구나.' 하고 담담할 수 있습니다.

'우리 남편(아내)처럼 훌륭한 사람을 어느 여자(남자)가 안 좋아할까. 당연하지. 나도 그랬으니까.'

이렇게 생각하면 상황을 차분하게 짚어 볼 수 있습니다. 상대가 바람을 피우지만 그래도 결혼한 사람이 최대지분을 가지고 있지 않습니까? 내가 최대주주니까 어쨌든 내가 경영권을 가지잖아요.

이때 눈앞에 닥친 상황을 받아들일 수 없다면 깨끗하게 헤어지면 돼요. 그리고 '한 번은 멋있는 사람하고 살아 봤으니 다음엔 나만 바라보는 사람하고 살아 봐야지.'라고 생각해도 됩니다. 실제로 나보다 못한 사람은 나이가 좀 들어도 만나기 쉬워요. 애가 하나 있어도 어렵지 않습니다. 그러므로 상황을 긍정적으로 받아들이고 두 가지 다 해보면 됩니다.

그렇지 않고 좀더 실제적인 이익을 추구한다면 그래도 내가 가진 이익이 훨씬 크다는 점을 감안해서 그냥 살면 됩니다.

여러분이 이러지도 저러지도 못하는 것은 욕심 때문입니다. 남이 나를 쳐다보는 건 자연스럽게 받아들이면서 잘난 내 배우자는 딴 데 쳐다보지 않고 나만 바라보며 살기를 원합니다. 그런데 현실의 인간은 그렇게 안 된다는 데 문제가 있습니다. 안 되는 걸 원하니까 괴로울 수밖에 없는 거예요. 결혼할 때 좋은 조건이라고 생각한 것이 결과적으로도 유리한지 불리한지는 알 수 없습니다. 그러니 우리에게 주어진 것을 그냥 받아들여야지 어떤 조건이 좋다, 나쁘다 이렇게 재려고 들면 안 됩니다.

누구나 결혼할 때는 자기보다 조금 더 나은 사람을 고르려고 합니다. 하지만 실제로 그런 사람을 고르기가 쉽지 않습니다. 상대도 보는 눈이 있으니까 내가 좀 괜찮다 싶으면 상대가 싫다고 합니다. 마찬가지로 누가 나보고 괜찮다, 하면 내가 마음에 안 들어요. 그러다 다행히 괜찮은 사람을 만나 결혼하면 배우자 복이 있다고 주위에서 부러워합니다.

하지만 사람들이 복 많다고 하는 일에는 반드시 과보가 따릅니다. 돈도 있고, 인물도 괜찮기 때문에 이런 사람은 이성 문제가 끊이질 않습니다. 남들이 부러워할 만한 사람을 만난 데에 따른 고통을 겪어야 해요. 질투심 속에서 평생 고통을 겪으며 살아야 합니다. 남 보기에는 그럴듯해도 실제 자기 인생은 불행합니다. 나도 내 배우자보다 멋진 이성을 보면 흔들리잖아요. 이게 인간의 심리입니다. 사람들이 이런 걸 자꾸 나쁘다고 하는데 나쁜 게 아니에요. 인간이 다 그래요. 이럴 때 자기 인생을 한탄하고 상대를 미워할 필요 없이 마음의 중심을 딱 잡고 단호한 태도를 취해야 합니다. 이럴 땐 다음 두 가지 중 하나를 선택하세요.

"라면 끓여 먹고 막노동을 하고 살더라도 이런 사람하고는 못 살겠다."

"이만한 사람 구하기 힘드니까 그래도 같이 살아야겠다."

만약 살겠다고 마음먹었다면 상대가 바람을 피우더라도 '그래, 그래도 내 권리가 제일 크다.'라고 생각하고 그 상황을 있는 그대로 받아들이는 자세가 필요합니다. 이것은 바람피우는 행동을 합리화하는 게 아니라, 우리가 스스로를 어떻게 행복하게 할 것인가 하는 문제예요. 바람피우는 문제에 목매고 질투하며 평생 괴로워하면 자기 인생이 괴로워져요. 긍정적으로 사물을 보세요. 윤리나 도덕에 묶이지 말고, 어떻게 하면 자신이 행복해질 수 있을까를 중심으로 생각해야 합니다.

망설이는 결혼,
부모 탓인가 욕망 탓인가

"사랑이 밥 먹여 주는 것도 아니고, 살아 보면 사랑만으로는 안 된다는 걸 알게 될 거다."

사랑하는 사람과 결혼하겠다는 딸에게 어머니가 한 말입니다. 어머니는 딸의 남자친구가 경제적으로 어려운 것이 마음에 들지 않는다며, 경제력 있는 남자를 소개했습니다. 그러자 딸은 결혼을 반대하는 어머니 때문에 마음이 괴롭고, 결혼도 망설여진다며 하소연했습니다. 사랑을 따르자니 부모가 울고, 부모의 말을 따르자니 사랑이 깨진다는 이야기입니다. 이런 상황에서 결혼이 망설여진다면, 과연 어머니의 반대 때문인지 딸 마음속에 다른 욕망이 있는지 살펴봐야 합니다.

남자친구를 정말로 사랑한다면 어머니가 그런 말을 할 때 흔들리지 않습니다. 부모는 자식에게 당연히 그런 말을 할 수 있습니다. 그런데 부모의 말에 흔들린다는 것은 부모에게 뭔가 도움 받고 싶거나 본인이 상대에게 어떤 부족함을 느끼기 때문입니다.

남자친구를 좋아하긴 하지만 경제력이 없는 것에 좀 부족함을 느끼고 있는 거예요. 자기도 인식하지 못한 욕심이 마음을 흔들리게 한다는 것을 알아야 합니다. 그런 상황에서 부모가 경제력이 있는 사람을 소개하니 고민이 되는 겁니다. 결혼을 할까 말까 망설이는 것은 자신의 문제지, 부모의 문제가 아니라는 거예요.

항상 스스로를 봐야 합니다. 그러면 부모가 내 결혼을 반대한다, 내 사랑을 깨려고 한다, 이렇게 원망할 필요가 없어요. 부모는 사랑하는 자식을 걱정해서 그렇게 말하는 겁니다.

따라서 "어머니, 감사합니다." 이렇게 어머니의 마음을 받아주고, "그렇지만 어머니, 저는 이 결혼을 해야겠습니다." 이렇게 얘기하면 돼요. 그러면 부모도 어쩔 수 없이 "너 알아서 해라." 이렇게 되는 거예요.

대신 부모의 반대를 무릅쓰고 결혼하려면 부모의 도움을 받겠다는 생각은 애초에 하지 말아야 합니다. 조금이라도 도움을 받겠다는 마음이 있다면 결혼 전에 부모의 동의를 얻어야 해요. 이게 세상 이치입니다. 그런데 결정은 제 맘대로 하고 부모에게 경제적 도움은 받으려고 하니 이치에 맞지 않는 거예요.

부모가 반대한다고 결혼을 못할 게 뭐 있어요? 돈이 없으면 간소하게 준비해서 살면 되죠. 이때 중요한 것은 인생관이 뚜렷해야 한다는 겁니다. "사랑하지 않는 사람과 좋은 아파트에 사는 것보다 라면을 끓여먹고 살더라도 사랑하는 사람과 함께 사는 게 더 좋다." 이렇게 중심이 잡혀 있으면 갈등할 일이 전혀 없어요. 그런데 이것 저것 다 움켜쥐려고 하니까 머리가 아픈 거예요.

부모의 말이 일리가 있다면 사랑하더라도 결혼은 하지 않으면 됩니다. 사랑한다고 꼭 결혼해서 살아야 하는 것은 아닙니다. 사실 결혼이라는 것은 공동생활이니까 아내나 남편은 룸메이트와 비슷한 거예요. 룸메이트와는 밥 당번을 정하면 제시간에 밥을 먹게 하는 것이 중요하지, 부잣집 아들인지 아닌지는 별로 중요하지 않습니다. 부잣집 친구가 반찬을 조금 더 가져올 수는 있겠지만 그것보다는 정해진 밥 당번 순서를 제대로 지키는 것이 훨씬 더 중요해요. 같이 살아보면 인물도 그리 중요하지 않습니다.

이런 면에서 "사랑이 밥 먹여 주냐?"라는 어머니 말이 일리가 있는 겁니다. 그렇게 어머니의 말이 옳다고 느껴지면 상대방에게 "안녕히 계십시오." 인사한 뒤 헤어지고 다른 사람을 만나면 돼요.

내가 원하는대로 하겠다는 것이 확고하면, 얼마든지 부모 동의 없이 결혼할 수 있어요. 부모도 자식이 결혼하겠다고 할 때 동의를 해주면 좋겠지만 안타깝게도 동의할 수 없기에 본인의 의사를 표현하는 겁니다. 어느 한쪽을 일방적으로 비난할 수는 없습니다.

모도 한 3년 지나면 며느리나 사위 좋다고 자랑하며 다닙니다. 아무리 결혼에 반대했다 하더라도 부모가 자식에게 나쁜 감정을 가질 리는 없어요. 그러니 너무 걱정하지 말고 잘 받들어 드리고 죄송하다고 하면 됩니다. 여덟 번까지 "잘못했습니다." 해놓고는 아홉 번째에 못 참아서 대들면 안 됩니다. 열 번 다 고개 숙이고 "죄송합니다."라고 참회하면 금방 해결됩니다.

만약 부모님의 걱정대로 살다가 이혼하더라도 큰 불효는 아닙니다. 부모님 생각이 맞다는 걸 증명한 거니까요. 부모님은 "봐라, 내 말 안 듣더니." 하면서 조금 안쓰러워하겠지요. 진짜 효도는 부모님이 "아, 내가 그때 판단을 잘못했구나. 너희가 나보다 낫구나. 잘했다."라고 말씀하실 수 있도록 두 사람이 행복하게 사는 겁니다. 그래서 부모님이 지난날 자신의 결정이 잘못되었다고 돌이키게 되고, 늦었지만 부모님의 동의를 얻을 수 있는 그런 자식이 되어야 합니다. 반대하는 결혼을 하는 만큼 두 사람은 더 서로를 믿고 배려하며 원만한 결혼생활을 해야 합니다. 결혼한 것을 후회하지 말고 여러 어려움이 있더라도 기꺼이 감내하며, "아, 그래도 결혼하길 잘했다."는 자긍심을 가질 수 있도록 자신들의 선택에 책임을 져야 합니다.

행복한 가정을 만드는 마음

결혼할 때는 서로 사랑하는 마음으로 합니다. 이 마음이 오래 가면 얼마나 좋겠습니까? "검은 머리가 파뿌리 될 때까지 어떤 고난이 닥치더라도 서로 아끼고 사랑하며 살겠습니까?"라고 주례가 물으면 "예!"라고 철석같이 약속을 합니다.

그렇게 결혼해놓고 함께 산 지 얼마 되지 않아 "아이고, 괜히 결혼했다. 이럴 줄 알았으면 안 하는 게 나았을걸."하고 후회합니다. 많은 사람 앞에서 결혼식까지 올렸으니 헤어질 수도 없고 어영부영하다 아이가 생기면 아이 키우느라 못 헤어집니다. 서로에게 "아이고, 웬수야." "내가 참아야지." 마지못해 맞추며 세월을 보냅니다. 배우자를 있는 그대로 인정하고, 적당히 포기하고 살 만해 질 때 즈음, 자식이 애를 먹입니다. 진학 문제, 취직 문제 등 온갖 애를 먹으며 죽을 때까지 자식 때문에 고생합니다. 이것이 인생사입니다. 그래서 결혼할 때는 세상을 다 얻은 듯 기뻐하지만 한참 인생을 살다 보면 "혼자 사는 사람이 부럽다." 이렇게 됩니다. 인생이 이렇게 괴로움 속에 돌고 도는 데는 이유가 있습니다.

연애할 할 때는 서로 좋아서 합니다. 결혼할 때는 상대가 돈은 있는지, 학벌은 어떤지, 성질은 어떤지 이것저것 따져 봅니다. 이때 근본 심보는 '어떻게 하면 덕 좀 볼까?' 하는 마음뿐이지 손해 볼 마음은 눈곱만큼도 없습니다.

덕 보려는 이 마음이 결혼 후 다툼의 원인이 됩니다. 아내는 남편에게 30퍼센트 주고 70퍼센트 덕을 보려 들고, 남편도 아내에게 30퍼센트 주고 70퍼센트 덕을 보려고 합니다. 같이 살면서 상대에게 70퍼센트를 받으려고 하는데 실제로는 30퍼센트밖에 못 받으니까 십중팔구 '결혼을 괜히 했다.', '속았다.', '손해 봤다.'라고 생각하는 겁니다.

덕 보려는 마음이 없거나 좀 적으면 '내가 저 사람을 좀 도와야겠다.', '형편이 어려우니 내가 뒷바라지 좀 해줘야지.', '아이고, 성격이 괄괄하니까 내가 껴안아서 편안하게 해줘야겠다.' 이런 마음이 난다는 거예요. 베풀겠다는 마음으로 결혼하면 길 가는 사람 아무하고 결혼해도 별 문제가 없습니다. 하지만 상대에게 덕을 보겠다는 생각으로 고르면, 백 명 중에 고르고 골라도 제일 엉뚱한 사람을 골라 결국엔 후회하게 됩니다.

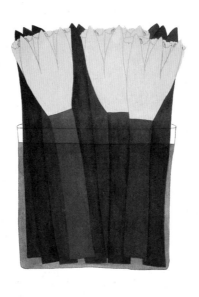

"좋은 일이 생기겠지."라고 기대하고 결혼했다가 실망해서 괜히 결혼했다 후회하기도 합니다. 심지어 결혼식을 앞두고 준비하는 과정에서 의견 차이가 생겨 다투다가 결혼 결정을 후회하는 사람도 있습니다. 결혼을 안 했으면 하는 마음이 생기지만, 이미 날짜가 잡혀 어쩔 수 없이 하는 사람들도 있습니다.

이런저런 복잡한 마음으로 결혼식을 올렸는데 옆에서 훈수 두는 사람들이 많습니다. 결혼식에 와서 축하해 준 하객들 중 많은 사람들은 이미 결혼생활에서 좌절을 맛본 결혼선배이다 보니 신혼부부가 된 두 사람에게 별 도움되는 이야기를 하지 않아요.

"왜 바보같이 마누라에게 지고 사냐?"

"네가 얼굴이 못 생겼니, 뭐가 부족하니. 왜 남편에게 지고 살아?"

이런 말로 옆에서 살살 부추기는데 절대 들으면 안 됩니다. 자기중심을 잘 잡아야 합니다. 남들이 아무리 뭐라 해도 '나는 남편에게 덕 되는 일 좀 해야 되겠다.', 부모가 이러쿵저러쿵 해도 '나는 아내에게 도움이 되는 남편이 되어야겠다.' 이렇게 마음을 딱 굳혀야 합니다. 그러면 행복한 결혼생활을 할 수 있습니다. 결혼생활을 잘하려면 "손해 보는 것이 이익이다." 이것을 확실하게 알고 새겨야 합니다.

이렇게 두 사람의 마음이 잘 합해지면 아내의 오장육부가 편안해집니다. 오장육부의 상태는 아이를 가질 때 매우 중요합니다. 마음이 편안하면 안정적인 인연을 맺고, 초조함을 느끼면 불안정한 인연이 들어옵니다. 덕 보려고 결혼했는데 '손해 봤다는 생각'으로 심사가 불만인 상태에서 아이가 덜컥 생깁니다. 준비가 되고 정성을 다한 상태에서 아이를 가진 게 아니니 처음부터 태교가 잘되기 어려워요. 일반 사람도 밥 먹고 짜증내거나 신경질을 내면 소화가 안 됩니다. 나중에 위를 해부해 보면 소화가 되지 않은 채 그대로 있습니다. 자궁은 어머니의 오장육부와 연결되어 있어 신경을 곤두세우고 짜증을 내면 자궁 안에 있는 아기도 긴장 속에서 살게 됩니다. 그래서 선천적으로 신체장애가 생기거나 늘 불안한 마음을 갖게 됩니다.

아기를 낳겠다고 결정했다면 부부는 아이를 잘 키울 계획을 미리 세워야 합니다. 맞벌이라면 엄마는 3년을 휴직하고 아이를 돌보는 게 좋습니다. 상황이 된다면 아내와 남편이 번갈아가면서 휴직을 하거나 3년 휴직이 어렵다면 최소 1~2년은 육아에 전념해야 합니다. 가장 좋은 건 최소 3년은 부모가 아이를 키우는 거예요. 이 기간은 아이의 자아가 형성되는 시기인지라 무엇보다 아이를 우선해야 해요. 아이를 잘 키우기 위해서는 이것이 첫째입니다.

아이의 교육 때문에 남편을 떼어 놓고 서울로 이사 가는 사람, 외국에 가는 사람이 있습니다. 이것은 절대 해서는 안 됩니다. 아이가 세 살 때까지만 아이를 우선으로 하고 그 이후에는 어떤 일이 있더라도 배우자를 우선으로 해야 합니다. 아이는 늘 두 번째로 생각하세요. 대학에 떨어져도 신경 쓰지 마세요. 배우자가 다른 곳으로 전근 가면 무조건 따라가세요. 돈도 필요 없습니다. 아이가 학교를 몇 번 옮겨도 괜찮습니다. 이렇게 남편은 아내를, 아내는 남편을 중심에 놓고 살면 아이들은 전학을 열 번 다녀도 아무런 문제없이 잘 자랍니다. 이렇게 부부를 우선으로 해야 가정에 중심이 서고 화목해집니다. 아이를 중심에 놓고 오냐오냐 키우면서 부부는 떨어져 지내면 아무리 잘해 줘도 소용없습니다.

가정을 화목하게 한 다음에는 내가 사는 세상에도 기여를 해야 합니다. 나만 잘 산다고 되는 것이 아니에요. 내 자식만 귀엽게 생각하지 말고 이웃집 아이도 귀하게 생각하세요. 또 내 부모만 공경하지 말고 이웃집 노인도 공경하는 마음을 내는 것이 좋습니다. 그러다 보면 자식이 좋은 것을 본받습니다. 부모에게 불효하고 자식에게만 정성을 쏟으면 반드시 자식이 어긋나고 불효합니다. 매를 들고 애를 가르칠 필요 없이 내가 늘 부모를 먼저 생각하면 자식이 저절로 효자가 됩니다. 애를 키우다 나중에 "저게 누굴 닮아 저러나." 하지 마세요. 누굴 닮겠습니까? 제 부모를 닮습니다. 나중에 후회하지 말고 지금부터 좋은 인연을 지으세요. 처음에 조금 노력해놓으면 나중에 평생 편안하게 살 수 있습니다.

이러면 돈이 적어도 행복하고, 비가 새는 집에 살아도 재미있고, 나물에 밥만 먹어도 인생이 즐거워집니다. 즐겁자고 사는 거지 괴롭자고 사는 것이 아니니까, 부부는 이것을 중심에 놓고 살아야 합니다. 그래야 밖에 가서 사업을 하든 뭘 하든 잘될 수 있습니다. 그런데 돈, 권력, 개인의 이익 등에만 눈이 어두워 자기 생각을 고집하면 결혼은 안 하느니만 못합니다.

결혼할 때 좋은 마음이 오래 가려면 반드시 이것을 지켜야 합니다. 이렇게 살면 따로 머리 깎고 스님이 되지 않아도 편안하게 잘 살 수 있습니다.

진정한 믿음이 있는 사랑이란

"남편에게 가장 원하는 것이 무엇인가요?"

아내들에게 물었습니다. 그런 다음 아내가 어떤 대답을 했을지 남편들에게 물었습니다. 이때 가장 많이 나온 대답이 '돈'이었습니다.

"우리 아내는 돈만 벌어다 주면 좋아합니다."

"아내 하면 돈만 생각납니다."

그렇다면 실제로 아내들이 가장 원한 것은 무엇이었을까요? 그것은 '돈'이라고 생각했던 남편들의 대답과는 한참 거리가 있었습니다. 바로 '자신에 대한 존중'이었습니다. 부부라는 이름으로 함께 살면서 아내는 남편이 자기를 멸시하거나 얕보는 데서 많은 상처를 받은 것입니다. 특히 남편이 아이들 앞에서 "당신이 뭘 알아?"라고 면박을 줄 때 모멸감을 느낀다고 했습니다.

이와 같은 질문과 대답에서 무엇을 알 수 있을까요? 부부는 함께 살지만 서로의 마음을 가장 모른다는 것입니다. 이것을 두고 '동상이몽(同床異夢)'이라고 합니다. 몸은 한곳에 머물러도 마음은 서로 다른 생각을 품고 다른 곳을 바라보고 있습니다. 서로 무엇을 원하는지, 어떤 사람인지 알아가는 대화도 나누지 않습니다. 상대의 마음을 모르니 상대가 원하는 것을 해줄 수가 없습니다. 결국 서로의 마음을 모르는 데서 불신과 원망이 싹트는 것입니다. 많은 부부가 서로를 못 믿고 사는데, 그것을 단적으로 알 수 있는 예시가 있습니다.

"당신 남편(아내)이 오늘 ○○호텔에서 어떤 여자(남자)하고 같이 나오더라."

주위 사람이 이런 말을 전해 주면 어떻습니까? 믿음이 있는 부부라면 아무렇지도 않아야 합니다.

"아, 그래요? 무슨 볼일 있어서 친구 만났겠죠."

이렇게 얘기해야 합니다.

"아니야. 내가 호텔 방에서 나오는 걸 봤어."

"그럼, 방에 갈 일이 있었겠지요."

그래도 상대가 포기하지 않고 강하게 의문을 제기하면 어떻게 할까요?

"알았습니다. 그럼, 제가 물어볼게요."

배우자에게 물어봤는데 "아니다. 그런 일 없다."고 하면 어떻게 해야 할까요? 그 말을 딱 믿어야 하는 겁니다. 그런데 여러분의 마음은 어떻습니까? 그대로 믿습니까? 배우자의 말은 믿지 않고, 전해준 사람의 말만 믿습니다. 심지어 배우자에게 물어보기도 전에 이미 단정을 짓습니다. 바람을 피우는 게 분명하다고 혼자 결론을 내버리는 것입니다.

진짜 믿음이 있는 사이라면 어떨까요? 가령 친구 사이에 믿음이 있을 때는 어떻습니까? 주위에서 아무리 문제가 있다고 흉을 보고 이야기해도 바로 수용하지 않습니다.

"아, 그 친구, 그럴 사람이 아닌데."

"그럴 만한 이유가 있을 거야. 좀 기다려 보자."

믿음 있는 친구는 끝까지 믿고 사실이 밝혀질 때까지 기다려줍니다. 부부라 할 지라도 믿음이 없으면 남의 말만 듣고 배우자를 의심합니다. 사랑해서 결혼했다는 사람들이 지나가는 작은 불씨를 내집에 붙여 큰 불을 일으킵니다. 이처럼 믿지도 못하고 의심하며 사는 것이 과연 사랑일까요?

제가 "저 여자 예쁘다. 정말 사랑스럽다."라며 가서 껴안고 뽀뽀하면 이게 사랑입니까? 그것은 사랑이 아니라 성추행입니다. 그런데 오늘날 우리가 말하는 사랑은 일종의 성추행과 같습니다. 상대는 생각하지 않고 일방적입니다. 내 마음만 옳다고 주장하고 상대의 마음은 알려고도 하지 않습니다. 배려는 찾아볼 수 없습니다. 바로 여기서 부부 사이에 갈등이 생겨납니다. 서로에 대해 잘못 이해하고 있으니 아무리 잘해준다 한들 초점이 벗어난 것입니다.

그렇다면 무엇을 진정한 사랑이라고 할 수 있을까요? 바로 '상대에 대한 이해와 존중'입니다. 상대방을 있는 그대로 인정하고, 그 사람 편에서 이해하고 마음 써줄 때 감히 '사랑'이라고 말할 수 있습니다. 이런 사랑이라야 비로소 주위에서 아무리 의심하는 말을 해도 배우자의 말을 그대로 믿어 줄 수 있는 것입니다.

나이 차이가 많은 결혼

요즘 연상연하 커플이 많아졌습니다. 얼마 전까지는 남자가 여자보다 나이가 조금 많은 결혼을 정상적으로 봤어요. 하지만 육체적으로나 여러 가지 면에서 볼 때 그게 꼭 정상이라고 할 수는 없습니다. 이것은 남자가 군대에 다녀온 뒤에야 경제적인 기반을 잡을 수 있기 때문에 생긴 현상입니다. 옛날에 결혼할 때는 대부분 여자가 남자보다 두세 살 많았어요. 조선시대에는 남자가 열네 살 정도 되고, 여자는 열일곱 살 정도 되었을 때 결혼하는 것이 일반적이었습니다. 그런 까닭에 주로 아내가 좀 어린 신랑을 동생 돌보듯이 키워서 신랑으로 삼았어요. 이처럼 시대에 따라 결혼 연령이 달랐기 때문에 본인만 좋다면 나이 차이에 그렇게 구애 받을 필요는 없습니다.

20대 청년과 사랑에 빠져 결혼까지 생각하는데, 양가에서 반대가 심할 것 같다고 걱정하는 40대 여성이 있었어요. 물론 남녀가 사랑을 하는 데 나이 차이가 문제 될 것은 없습니다. 남녀가 만날 때 남자의 나이가 더 많아야 한다는 법도 없으니 타박할 일은 더더욱 아니에요. 다만 현실적으로 결혼을 생각할 때는 쉽지가 않습니다. 부모 세대는 아직 연상연하 커플에 대해 썩 좋게 보지 않습니다. 더 군다나 나이 차이가 많이 난다면 결혼 과정이 평탄치 않을 거예요.

우리나라에서는 결혼할 때 두 사람의 마음만 맞는다고 성사되는 게 아니라, 주위에서도 동조를 해줘야 큰 어려움 없이 이루어집니다. 만약 주위 사람들이 축하해 주는 결혼이 아니라면 결혼 당사자들의 마음이 굳건해야 합니다. 부모의 반대를 무릅쓰고 결혼하려면 그 대가를 치를 만큼 의지가 강해야 해요. 만약 둘 다 재혼인 40대 남녀의 경우라면 주위의 영향을 덜 받고 결혼할 수가 있습니다. 주위의 반대가 적다는 뜻이죠.

그런데 이 경우 상대가 20대 청년이면 남자 쪽 집안에서 반대가 심하겠죠? 나이 차이가 스무 살이 넘는 데다 여성은 이혼 경력이 있고 아이도 둘이 있어요. 그러니 당연히 반대가 심할 겁니다. 결혼을 성사시키려면 이런 역경을 각오해야 하는데, 이분은 이미 양가의 반대를 두려워하고 있습니다. 설사 각오를 단단히 했더라도 결혼이 성사되는 게 아니에요. 상대인 청년이 반대를 이겨 나갈 의지가 있어야 하는데, 그럴 수 있을지 의심스럽습니다.

지금 서로를 좋아하는 것은 정신적인 것보다는 육체적인 것일

확률이 더 높아요. 왕위도 버리는 정도의 정열이면 몰라도, 웬만한 사람은 주위의 반대에 부딪히면 정신적으로 힘들어합니다. 갈등이 심각해지면 이 경우 남자 쪽에서 망설이게 됩니다. 그러면 여자는 남자에 대해 실망하고 미워하게 될 확률이 높아요. 이혼의 아픔을 경험한 뒤 새로 만난 사람과 결혼에 실패하면 어떨까요? 자학증세가 생기기 쉽습니다. 상대를 미워하는 것뿐 아니라 '내 인생은 왜 이런가.' 하고 비관하기 쉬워요.

그러니까 지금 사귀고 있는 것만으로 만족하는 것이 좋습니다. 결혼은 두 사람의 뜻도 중요하지만 주위의 뜻도 중요하니까 사귀는 것으로만 끝내려면 공개하지 말고 사귀고, 이것을 공개적으로 밝히고 결혼을 추진하려면, 안 될 확률이 높다는 것을 정확히 알고 시작해야 합니다. 난관을 극복하기 위해 계속 밀어붙이다 보면 남자 쪽에서 고통을 겪게 되고, 결국에는 주저앉게 될 가능성이 커요. 그러면 결국 여자에게 큰 상처가 되기 때문에 상대를 너무 밀어붙이지 않는 게 좋습니다.

설령 결혼에 성공한다 하더라도 이 결혼은 지속되기 어렵습니다. 다시 말해 남자가 40대쯤 되고, 여자가 60대가 되면 관계가 깨지기 쉽습니다. 그렇게 되지 않는다 하더라도 여자는 남편이 젊기 때문에 여자문제로 늘 초조해하거나 불안해하며 남은 인생을 살아야 합니다. 그래서 지금은 좋아도 10년 후가 굉장히 불행할 수 있어요. 나이 차이를 감추기 위해 성형수술을 하거나, 옷도 젊은 사람처럼 입어야 하고, 끊임없이 젊어 보이려고 노력해야 합니다. 또한 늘 상대를 믿지 못해서 정신적 고통을 겪을 수도 있어요. 이 때문에 이 결혼은 행복보다는 화를 불러올 위험이 훨씬 더 큽니다.

그러니까 지금부터 마음을 정리해 나가는 게 좋아요. 지금은 관계를 유지하더라도 남자가 나이가 들어 결혼할 때가 되면 자기 또래와 결혼할 수 있도록 양보해 주는 편이 나을 수 있어요. 그것이 오히려 사랑을 오래 간직하고 다가올 불행도 막는 방편이 될 수가 있습니다.

이 경우와 반대로 남자의 나이가 스무 살 가량 많은 것도 마찬가지로 문제가 될 수 있습니다. 나중에 여자가 40대, 남자가 60대가 되면 심각한 부조화가 생겨요. 젊은 여자들은 나이 많은 남자하고 있으면 또래와 함께 있는 것보다 편안해합니다. 아무래도 나이 든 사람은 "그래, 그래." 하면서 다 수용해 주니까 편하게 느끼는 거예요. 또 나이가 많으면 또래보다 경제적으로 안정된 경우가 많아 물질적으로도 풍요롭습니다.

하지만 시간이 어느 정도 지나면 장점만큼 단점도 나타난다는 걸 알아야 합니다. 이 세상에 공짜는 없어요. 인연과보가 반드시 따릅니다. 그러니까 나이 차이가 많이 나는 관계는 윤리나 도덕적으로 문제가 되는 것이 아니라, 지금의 작은 기쁨이 미래에는 큰 화를 불러올 수 있다는 점을 살펴야 합니다.

결혼과 동거, 관념을 넘어선 선택

　직장을 다니고 있는 20대 청년은 생활습관이 비슷하고 인성 좋은 사람을 만나 가정을 이루고 싶다고 했습니다. 그래서 결혼 전에 서로 생활습관이 맞는지 미리 알아보기 위해 동거를 해보고 싶은데 섣불리 했다가 실패하면 집 문제, 돈 문제, 사람들의 시선 등이 걱정돼서 불안하고 두렵다고 합니다.

　결혼을 꼭 해야 한다고 생각하면 결혼을 못 했을 때 괴로움이 생깁니다. 반대로 결혼을 안 하겠다고 결정을 해놓으면 좋은 사람이 나타났을 때 번민이 생겨요. '요즘 같은 세상에 혼자 살아도 괜찮아. 그런데 혹시 마음이 맞는 사람이 생기면 같이 살아보지 뭐.' 이렇게 생각해 보는 건 어떨까요? 옛날에는 한 번 결정하면 바꾸지 못했습니다. 하지만 요즘은 동거하다가 결혼 하거나 헤어져도 되고, 결혼하고 나서 이혼을 할 수도 있어요. 여러 가지 경우를 선택할 수가 있기 때문에 너무 단정적으로 생각할 필요는 없습니다. '해야 한다, 하면 안 된다.' 자꾸 이렇게 생각하기 때문에 동거를 꼭 해야 하는지 말아야 하는지 고민이 되는 겁니다.

아직 좋아하는 사람이 나타나지 않았는데 동거를 할 지 안 할 지 미리 결정할 필요가 없어요. 먼저 연애를 해봐야 동거를 할지 말지 판단할 수 있습니다. 그런데 연애하면서 상대의 생활 태도가 대충 파악되면 그냥 결혼하면 되지 꼭 동거할 필요가 없잖아요. 결혼할 생각이 아예 없는데 서로가 좋으면 연애를 넘어서 동거를 할 수도 있겠지요. 하지만 결혼할 생각이 있는 사람이라면 그냥 결혼하면 되지 군이 동거할 필요는 없잖아요. 그런 측면에서 동거가 필수적이냐 아니냐 이런 관점 자체를 좀 내려놓으면 좋겠습니다.

예전에 어떤 분이 저한테 아기 기저귀는 어떻게 마련해야 하는지 묻는 사람이 있었어요. 그래서 제가 결혼했냐고 물으니 안 했대요. 결혼할 남자는 있냐고 물으니 없대요. 동거에 대한 고민은 애인도 없고, 결혼도 안 했고, 애도 안 낳았는데, 벌써 아기 기저귀를 챙기는 사람과 똑같은 질문입니다. 미리 점검하는 건 좋지만 너무 앞서서 생각할 필요는 없습니다. 좋은 감정을 주고받는 사람이 생겼는데 상대편이 같이 살자고 하고 결혼은 아직 결정을 못 내리겠다면, 그때 동거를 할 것인지 말 것인지를 결정해도 늦지 않습니다.

요즘 서양에서는 결혼을 안 하고 그냥 동거하는 사람들이 많습니다. 이 말은 법적인 혼인신고를 하지 않고 결혼생활을 하는 사람들이 많다는 의미입니다. 법적 결혼을 안 하고 가정을 이루는 사람들이 50퍼센트를 넘는다고 해요. 그들이 생각하는 동거는 우리가 생각하는 동거와 성격이 좀 다릅니다. 법적인 결혼을 하면 재산상의 문제 등 여러 가지 법적인 구속이 따르기 때문에 동거하는 사람들이 계속 늘어나고 있어요.

'왜 두 사람의 개인적인 관계에 국가의 법이 관여하는가? 같이 살든지 헤어지든지 우리가 결정하겠다. 국가기관에 신고하고 재판받는 일은 하고 싶지 않다.'라고 생각하는 사람이 많아지고 있어요. 같이 살지 말지는 두 사람이 합의하면 되지 왜 국가기관이 관여하느냐는 거죠. 이에 대한 저항으로 법적인 결혼을 하지 않겠다는 것이지 이 사람과 살다가 저 사람과 살다가 하는 것이 동거가 아닙니다.

그러니 너무 "이래야 한다. 저래야 한다." 하고 정해놓고 살지 마세요. 현실에 맞게끔 조정하며 사는 것이 좋습니다. 무작정 남을 따라 하지 말고 내가 내 인생을 어떻게 살 것인지 살펴서 선택하면 좋을 것 같아요.

사주, 궁합의 딜레마

부모가 결혼을 반대하는 데는 여러 가지 이유가 있어요. 경제적인 이유도 있지만, 사주나 궁합을 본 뒤 맞네 안 맞네, 하면서 결혼을 반대하는 경우도 있습니다. 결혼할 두 사람이 서로 안 맞다는 말을 들으면 마음이 께름칙해져서 반대하는 겁니다. 궁합이 안 좋다고 하면 당사자들도 찜찜해하면서 고민하는 경우가 있습니다.

그러나 문제는 사주나 궁합이 아니에요. 사주가 나쁜 게 뭐 그리 중요한가요? 사주가 거슬리면 아무리 좋아도 그만두면 되고, 함께 살다가 죽어도 좋다 생각하면 궁합이 나쁜 게 전혀 문제가 되지 않습니다. 나쁘면 뭐가 나쁘겠어요? 가령 결혼하고 일주일 있다가 상대가 다른 사람을 좋아하게 된다고 합시다. 그럼, 어떻게 생각하면 될까요? '좋아하는 사람과 일주일이라도 살아봤으니 됐다.'라고 생각하면 되잖아요. 좋아하는 사람과 일주일이라도 살아 봤으니 얼

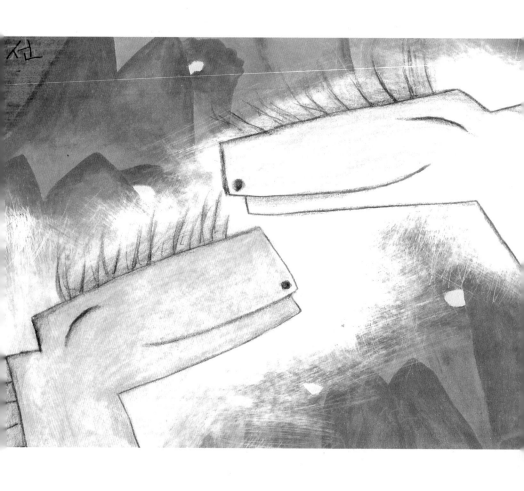

마나 좋아요? 좋아하는데도 마음에만 두고 말도 한마디 못 해 보고, 살아보지도 못한 사람도 있잖아요. 그래도 좋아하는 사람하고 일주일이나 살아봤으니 행복한 일이지요.

그런데 사주나 궁합이 나쁘다고 할 때 무엇을 기준으로 나쁘다고 하나요? 돈을 못 번다? 바람을 피운다? 나쁘다는 기준이 무엇인가요? 인생관이 분명하면 그런 것쯤은 아무런 문제가 되지 않습니다. 예를 들어 제가 아프가니스탄에 구호활동을 간다면 한국에 있을 때보다 죽을 확률이 높습니다. 버스가 전복이 되든지 병에 걸리든지 납치를 당해 죽든지 여러 가지 일이 일어날 수 있어요. 저는 아마도 조용히 죽기 힘들 거예요. 객사할 확률이 높습니다.

우선 비행기를 보통 사람들보다 열 배, 스무 배 더 탑니다. 게다가 이동할 일이 많아 거의 차 안에 있으니 사고가 날 확률도 높습니다. 그리고 무리해서 다니다 보니 병에 걸릴 확률도 높아요. 그러나 이것을 알고도 하기 때문에 문제가 안 되는 거예요. 그게 두려우면 안 가면 되잖아요. 아프가니스탄에서 누가 저보고 오라고 했나요? 제가 좋아서 가는 거잖아요. 어떻게 생각하느냐에 따라 내가 한 선택이 행복이 될 수도 있고 불행이 될 수도 있습니다. 자기의 삶을 늘 즐거움으로 받아들이고 놀이로 생각하세요. 이게 가능할 때 인생도 행복해집니다.

어떤 어머니가 딸의 결혼을 앞두고 궁합을 봤는데 상대편 사주가 너무 안 좋게 나왔답니다. 결혼하면 자식이 죽는다고 했대요. 그런데 다른 곳에서는 좋다는 이야기를 하는 바람에 혼란스러워졌다는 거예요. 업이니 사주니 궁합이니 하는 것들의 근본 뿌리는 욕심에서 옵니다. 이 욕심의 뿌리를 뽑지 않고 드러난 모습만 가지고는 아무리 이렇게 저렇게 해결하려고 해도 잘 안 됩니다. 욕심을 버리지 않고 덕 보려고 결혼하면 매일 잔소리를 하거나 화만 내게 됩니다. 욕심이야말로 모든 불행의 원인이고, 모든 재앙을 불러오는 근원입니다.

배우자에게 덕 보려는 생각을 버리고 도와주려는 마음을 내면 인생이 바뀝니다. 술 먹는 배우자의 허전한 마음을 부모가 자식 돌보듯 다독거려 주면 상황이 달라집니다. 같이 술을 마시기도 하고, 속 쓰리다 하면 해장국도 끓여 주면서 보살피면 마음이 달라지는 거예요. 내가 덕 보려고 하기 때문에 나쁜 사주가 있는 것이지 상대를 돕겠다고 하는데 나쁜 사주가 어디 있고, 나쁜 궁합이 어디 있겠어요? 생각을 어떻게 하느냐에 따라 장애가 장점이 되기도 하고 단점이 되기도 합니다.

사주가 안 좋으니, 궁합이 안 맞느니, 불만스러워하는 것은 현재의 삶이 만족스럽지 않기 때문입니다. 현재가 만족스럽지 못하니까 '나는 왜 이럴까.' 생각하다 사주가 나쁘다느니 궁합이 안 맞아서 그렇다느니 이야기하게 되는 거예요. 결혼 전에 사주팔자 보러

다니느라 시간 낭비하지 마세요. 설사 사주가 안 좋게 나왔다고 하더라도 그럴 수도 있다고 여기세요. 그런 다음 '내가 결혼을 너무 가볍게 생각했나 보구나.'하고 백 일쯤 기도하면 됩니다.

기도를 하면 자기 업을 알게 돼요. 가령 자기 업이 칼 같은 것이라면 칼을 버리는 길도 있고, 날카로운 칼의 성질을 이용해서 그 장점을 살리는 길도 있어요. 꼭 바꿔야만 좋은 건 아닙니다. 자기 업이 날카로운데 그 성격 가지고 솜털같이 살겠다고 하면 잘 안 고쳐지니 늘 좌절감을 느끼게 됩니다. 나무토막 같은 남편을 만나 칼 자랑을 하다 보면 남편이 죽게 돼요. 남편이 몽둥이로 나를 때려서 괴로운데 죽긴 남편이 죽어요. 그러나 나의 칼 같은 성향 때문에 그렇다는 것을 미리 알아서 결혼하지 않고 혼자 살면 어떨까요? 그 예리함과 강함을 사회에서 사용하면 아주 큰 도움이 됩니다.

하지만 결혼을 하겠다고 마음먹었다면 맞춰야 합니다. 몽둥이로 때리면 칼이 미리 피해야 한다는 말이에요. 그래야 나도 살고 상대도 살 수 있어요. 이런 이치를 알아 결혼할 때 너무 따지지 마세요. 나쁘다고 하거든 안 하면 되고, 그럼에도 하겠다면 나빠도 하는 겁니다. 나쁜 게 뭐가 겁이 납니까? 나빠 봐야 무슨 일이 생기겠어요? 둘이 좋아서 결혼했는데.

부모가 집에 오지 마라, 그러면 한 3년 안 가면 되죠. 스님들은 출가하면 집에 10년씩 안 가도 사는데 뭐가 문제입니까? 다 욕심 때문에 갈팡질팡하는 겁니다. 내가 원하는 대로 하면서 집에서 도움도 받으려니까 그런 겁니다. 사주, 궁합 같은 것들에서 벗어나 좀 솔직하게 살아야 합니다. 자기의 솔직한 마음을 직시할 때 어떤 길을 가야 할지 분명하게 알 수 있어요.

종교가 다른 결혼

불교 신자인 어머니가 며느릿감이 기독교 집안이라 마땅치 않은데 어떻게 하면 좋겠느냐고 상담을 해왔습니다. 이처럼 많은 가정이 결혼할 때 종교 문제로 갈등을 겪습니다. 그러나 아들이 좋다고 하면 며느리의 종교가 무엇이든 간섭할 일이 아닙니다. 내 며느리를 구하는 게 아니라 아들의 아내를 구하는 것이기 때문에 부모 권한 밖의 일이에요. 이때 어머니는 "네가 좋다면 나도 좋다." 이렇게 말해야 합니다. 물론 부모로서 권리가 전혀 없는 것은 아닙니다. 그 권리를 올바르게 행사하려면 이렇게 말하면 됩니다.

"엄마는 반대다. 하지만 네가 좋다면 알아서 해라."

이 말은 결혼은 알아서 하되 부모는 지원하지 않겠다는 뜻입니다. 그러니까 자식은 상대방이 정말 좋으면 지원을 못 받아도 결혼을 할 것이고, 상대가 덜 중요하면 스스로 포기할 것입니다.

한편 여자 집안 쪽에서는 어떨까요? 마찬가지로 남자 집안이 불교라서 탐탁지 않을 것 아닙니까. 어머니 입장에서는 물론 종교가 중요하겠지만, 대한민국 헌법에도 종교의 자유가 있다고 하잖아요. 그러니까 존중해야 합니다. 또 결혼 후에는 상대를 교화하고 싶은 생각이 들 수도 있습니다. 이때 며느리를 절에 다니라고 교화 해야 할까요? 그렇지 않습니다. 같이 살면서 시어머니가 존경할 만하면 자연스럽게 교화됩니다.

결국은 어떻게 사느냐의 문제입니다. 시어머니가 늘 절에 가자고 하는데 평소 행동이 못마땅하면 억지로 다니다 시어머니 돌아가시면 안 다닐 거고, 시어머니가 가자는 소리를 하지 않아도 행동이 자기 마음에 들면 시어머니를 따르게 됩니다.

한 예로 미국에 있는 정토회에서 만난 부부가 있습니다. 남편은 가톨릭 신자고, 부인은 불교에 관심이 있었습니다. 그 집에서 가정법회를 갖곤 했는데, 남편이 처음에는 부인이 불교 공부하는 것을 반대했어요. 그런데 부인이 수행을 하면서 아주 부드럽게 변하니까 남편이 반대할 명분이 없어져 버린 거예요. 물론 아이 입장에서는 부모의 종교가 다르니까 헷갈렸겠죠.

그런데 엄마와 아빠가 얘기하는 것을 늘 지켜보던 아이는 엄마가 더 포용성이 있어 보이니까 불교를 선택했어요. 그래서 대학에다니다 휴학하고 문경까지 와서 백일출가를 한 후 불교 공부도 하고 번역 일도 하고 있습니다. 이 종교 믿어라, 저 종교 믿어라 얘기하지 않아도 아이가 스스로 보고 판단한 겁니다.

남편은 집안이 가톨릭이라 계속 성당에 나가는데, 성당 모임에서 사람들이 부부 갈등을 이야기한다고 합니다. 그런데 이 가정은 갈등이 별로 없으니까 사람들이 모두 "너는 아내 하나 잘 만났다. 아내가 어쩌면 그렇게 사근사근하냐. 아이고, 우린 매일 집안이 전쟁이다."라고 한답니다. 그때 남편이 "부럽거든 네 아내 정토회 보내라."고 했답니다. 가톨릭 신자인 남편이 절에 다니는 아내를 어떻게 생각하는지 잘 알 수 있는 대답입니다.

우리가 교회에 다니느냐, 절에 다니느냐보다 더 우선해야 할 게 있어요. 그것은 어떻게 수행을 하고, 어떻게 자신을 행복하게 가꿀 것인가 하는 문제입니다. 마음이 행복해지면 여유가 생겨요. 그래서 상대를 이해하기도 쉽고, 자녀나 배우자에 대한 이해의 폭도 넓어집니다. 혹시 종교가 다른 결혼 때문에 마음이 산란하거든 이렇게 기도를 하세요.

"부처님, 감사합니다. 우리 아들은 참 현명합니다. 자기 인생은 자기가 잘 선택해서 살 것입니다. 저는 아들을 믿습니다."

그러면 정리될 인연은 저절로 정리되고 만나야 할 인연이면 저절로 만나게 됩니다. 부모가 반대해도 될 인연은 되고, 붙여 주려고 해도 안 될 인연은 안 됩니다. 오히려 부처님께 감사하며 아들을 믿는 마음을 내면 아들이 현명하게 선택할 겁니다. 그렇다고 부모가 자신의 의사를 숨길 필요는 없습니다. 속으로는 싫으면서 좋은 척할 필요가 없어요. 의사는 분명히 밝혀도 됩니다.

"네 인생이니까 네가 알아서 해라. 그러나 너를 위해서 기도는 해주겠다."

이렇게 나가야 합니다. 우리는 어떤 일을 꾀할 때 늘 이익이 많기를 바랍니다. 자기 아들은 부족한데도 며느리는 좋은 조건의 여성을 찾으려고 한다든지, 자기 딸은 자기가 봐도 문제가 있는데 사위는 좋은 사람을 얻으려고 합니다. 부모 심정은 이해가 가지만 이것은 모순이에요. 부모인 나도 내 자식을 편하게 대하기 힘든데 누가 내 아들과 딸을 감싸주겠느냐 생각하고 며느리나 사위에게 항상 고마워해야 합니다.

"참 고맙다. 문제 많은 내 자식을 돌보고, 밥도 차려주니 고맙다."

이렇게 감사기도를 해야 합니다. 며느리에게는 "아가, 네가 우리 집에 시집 안 왔으면 내 아들이 평생 혼자 살았을 텐데 네가 와서 살아 주니 고맙다."라고 말하고, 사위에게는 "자네가 아니면 내 딸을 누가 데리고 살겠는가? 정말 고맙네."라고 말하는 게 좋습니다. 이렇게 고마운 마음을 내면 부모도 행복해지고 결혼 당사자도 행복해집니다.

피할 수 없는 인연과 보

살다 보면 자기가 좋아서 선택했던 인연이 화를 불러오기도 합니다. 직장에 다니다 유부남과 사랑에 빠져 전 부인과 이혼시키고 결혼한 여성이 있었습니다. 아이 둘을 낳고 몇 년간은 행복하게 잘 살았습니다. 그러던 어느 날 남편이 사무실 여직원과 사랑에 빠져 결국 이혼을 하기에 이르렀습니다. 이 여성도 시간이 흘러 다시 한 남자를 만났어요. 그 남자 사업이 잘 안 되어 이 여성이 도와줬는데, 지금은 어떻게 돼 가는지 알 수도 없고, 돈도 갚지 않아 마음이 괴롭다는 겁니다.

가정이 있는 사람을 좋아해서 이혼시키고 그 사람과 결혼하고도 잘 사는 사람이 있을까요? 물론 있기는 하겠지요. 그러나 유부남을 사랑해서 결혼하고 싶을 때 먼저 생각해야 할 것이 있습니다. 나중에 이 남자가 또 다른 여자를 좋아해서 자신이 이혼하게 될 수도 있다는 겁니다. 그래서 5년이면 5년, 10년이면 10년 동안만 이 남자하고 살아도 좋을지 먼저 생각하고, 그래도 좋다면 각오하고 시작해야 합니다. 왜냐하면 이 남자가 부인과 이혼하고 나와 결혼했다는 사실만 놓고 봤을 때, 언젠가 또 다른 여자를 좋아해서 다시 나와 이혼할 확률이 높기 때문입니다. 인간의 심리가 그럴 확률이 높다는 거예요.

반드시 그런 것은 아니지만 부모가 이혼한 집에서 자란 아이들은 화목하게 사는 집 아이들보다 이혼할 확률이 높습니다. 부모가 이혼한 것을 보고 자란 아이들은 흔히 이렇게 결심합니다.

"나는 절대로 이혼 안 할 거야. 우리 아이들한테는 그런 고통을 안 줄 거야."

그런데 이혼할 수도 있다는 것을 이미 부모의 경우에서 보았기 때문에 나중에 결혼해서 마음이 안 맞으면 이혼하는 쪽으로 쉽게 결정합니다. 반면에 부모가 이혼하지 않은 집에서 자란 아이는 "나는 결코 이혼하지 않을 거야."라는 결심 자체를 안 합니다. 그런 결심을 할 필요가 없으니까요. 그래서 결혼했다가 마음에 안 들면 "에이, 이혼해야지." 하는 생각을 잠깐 하긴 하지만 이혼 상황을 경험한 적이 없기 때문에 쉽게 결정하지 못합니다. 생각은 해야겠다 하는데 마음이 안 움직이는 겁니다.

또 아버지가 술주정하는 집의 아이들은 "나는 절대로 술 안 먹을 거야."라고 결심을 합니다. 그래서 절대로 술을 안 마시는 자식이 나올 수는 있지만, 대부분은 나이가 들면 술주정을 합니다. 자기도 모르게 무의식적으로 그렇게 하게 되는데, 부모로부터 카르마를 물려받은 겁니다.

유부남을 사랑한 미혼 여성이 그의 부인과 이혼시키고 결혼하여 유부남을 차지했습니다. 이후 남편이 된 이 유부남은 다른 여성에게 반해 또 이혼하고 결혼했습니다. 부인을 이혼시키고 자신도 그 입장이 된 여성은 이 때 억울해하면 안 됩니다. 이럴 때 전남편의 부인에게 참회기도를 해야 합니다.

"아, 죄송합니다. 내가 사랑에 빠져서 당신의 아픈 마음을 헤아리지 못했습니다. 제가 그 아픔을 겪고서야 당신 마음을 이해하게 되었습니다. 깊이 참회합니다."

전남편의 부인에 대해 참회하면 전남편에 대한 미움도 사라집니다. 만약 이 미움을 떨쳐 내지 못하고 가지고 있으면 누구 손해일까요? 바로 내 손해입니다. 이 미움을 떨쳐 내야 합니다. 그것은 남자복이 있다 없다 하는 문제와는 관계가 없습니다. 내가 어리석어서 생긴 문제예요. 그래서 이혼한 남편에게 감사기도를 해야 합니다.

"날 버리고 떠난 남편에게 뭘 감사하란 말인가?"라며 의아해할 것입니다. 그러나 부인 있는 남자가 이혼하고 다시 결혼하려면 얼마나 골치 아픈 일이 많았겠어요. 그런데 그 과정을 다 견디고 이혼

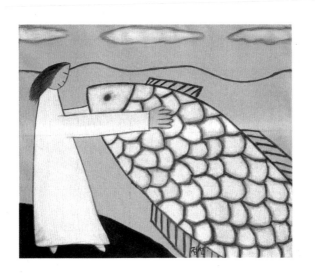

까지 해가면서 나와 결혼해 주었으니 감사하다고 해야 합니다. 이렇게 지나간 두 가지 일에 대해서 먼저 참회를 해야 합니다.

지금 만나고 있는 남자는 어떨까요? 그 남자에 대해 막연한 기대를 갖고 있는 한편, 의심도 하고 있습니다. 이럴 때는 인연을 끊는 게 좋습니다. 빌려 준 돈은 받을 생각도 하지 말아야 합니다. 혹시 운 좋게 주면 받더라도 말이에요. 그러니까 그동안 외로움을 달래며 재미있게 사는 데 들어간 학습비로 생각해 버리는 것이 좋아요. 지나간 시간에 미련을 가지고 돈을 받으려고 하거나 돈으로 남자의 정을 사려고 하면 지금 남은 돈마저도 다 잃게 됩니다. 그러면 나중에 돈과 사랑을 다 놓친 자신의 어리석음을 견디지 못해 자학 증상이 생기게 됩니다. 뿐만 아니라 남은 인생도 불행해져요.

그러니까 가장 먼저 전남편의 첫 번째 부인에게 참회기도를 하고, 전남편에게는 오히려 감사기도를 해야 합니다. 그러다 보면 번쩍 정신이 들게 되고, 앞으로 인생을 어떻게 살아가야 할지 자연스럽게 지혜가 생겨요. 이때 비로소 어리석음에 사로잡혀 눈에 뵈는 게 없이 행동하던 과거의 모습에서 스스로 벗어날 수 있습니다.

지금이라도 얼마든지 행복해질 수 있습니다. '저 남자가 돈을 보고 나한테 붙어 있나?' 하고 생각할 만큼 아직은 돈이 있으니 돈 걱정은 하지 않아도 된다는 얘기입니다. 거기에 전남편이 아이 둘을 주고 갔으니 좋은 일 아닙니까? 이 상황을 나쁘게만 생각하면 안 됩니다. 전남편에 대해 좋게 생각해야 내 아이도 잘됩니다.

지금 만나는 남자가 중요한 게 아니에요. 전남편에게 감사하는 마음 그리고 그 전처에게 참회하는 마음을 내야 지금 겪고 있는 배신감에서 벗어날 수 있습니다. 남편이 나를 배신하고 다른 여자에게 간 게 아니라 '아 내가 남의 남자를 빼앗았더니 그 과보를 받는구나.'라고 참회하며 자신의 선택과 인연과보를 이해해야 합니다. 증오심을 내려놓고 자신의 과보를 이해할 때 스스로 행복해질 수 있습니다. 그러면 어떤 상황에서든 행복하게 살 수 있습니다.

내가 행복하지 못한 것은 다른 사람 때문이 아니라, 어떤 상황에 부닥쳤을 때 어떻게 대응하느냐 하는 나의 문제입니다. 오르기 어려운 절벽을 맞닥뜨렸을 때 어리석은 사람은 거기서 좌절하고 절망합니다. 지혜로운 사람은 여기까지 온 것만으로도 기뻐하며 되돌아가든지, 아니면 어떻게 하면 절벽을 올라갈 수 있을까를 연구합니다. 여러 각도에서 연구하지 거기서 울며 주저앉지는 않아요.

그러니 어떤 장애에 부딪힐 때는 깨끗하게 포기해도 좋고, 아니면 많은 연구와 노력을 통해서 극복해도 좋습니다. 그것을 극복하면 그 장애가 나한테 복이 돼요. 장애를 극복했다는 것은 그만큼 내 능력이 커졌다는 얘기니까요. 가령 남편이 죽거나 이혼해서 혼자 됐다면 그것이 반드시 나쁜 것만은 아닙니다. 자기가 주인이 되어서 자기 삶을 살 수 있는 기회가 새롭게 주어진 거니까요. 좋은 점도 많습니다.

따라서 안 좋은 처지에 있다고 좌절하거나 절망할 필요는 없어요. 항상 긍정적인 요소가 있기 때문입니다. 그것을 살리면 얼굴에 생기가 돌고 화색이 돕니다. 성형수술 안 해도, 화장 좀 덜해도, 주름살이 져도 예쁘게 보입니다. 인생에서 만나는 모든 것을 긍정적으로 받아들이면, 또 다른 기쁨을 맛볼 수 있습니다.

사랑
좋아
하시네

사랑 좋아하시네

흔히 부부관계는 사랑으로 맺어졌다고 말하지요? 그러나 실제로 부부가 사랑으로 맺어진 경우는 극히 드뭅니다. 백에 하나 있을까말까예요. 그럼, 부부는 무엇으로 맺어질까요? 대부분의 경우 이기심으로 맺어집니다. 인간관계 중에서 이기심이 가장 많이 투영되어 맺어진 관계가 바로 부부관계예요. 여러분이 지금까지 알았던 것과는 정반대죠?

결혼을 할 때도 여러 가지 조건을 내세워 순위를 매기고 평가합니다. 상대가 한 부분이라도 자신보다 낫기를 바랍니다. 남자는 여자를 평가할 때 외모와 나이에 가산점을 많이 줍니다. 여자는 남자를 평가할 때 연봉과 능력에 가산점을 가장 많이 줘요. 어쨌든 종합 점수를 매겨서 자신보다 나아야 만족합니다. 자신보다 못한 상대를 고르는 사람은 없어요.

결혼을 한 후에도 계속 계산을 합니다. 예를 들어 남편이 바람을 피웠다면 아내 입장에서는 가장 큰 문제 아니겠어요? 옛날엔 남자가 바람을 피워도 남자 없으면 여자 혼자 살 수가 없었잖아요. 그런데 요즘은 여자 혼자서도 살 수 있잖아요. 그러니까 나와 사는 것보다 다른 여자 만나는 게 더 좋다는데 굳이 그런 인간하고 살 필요가 없지요. "당신 행복을 위해서 가라."고 말한 다음 깨끗이 헤어질 수 있죠. 그러면 뭐 고민할 게 있겠어요.

그런데 왜 고민할까요? 지금 남편과 사는 조건이 괜찮으니까 고민하는 겁니다. 또 계산을 해요. 애들 문제가 있으니까요.

"혼자 살아도 힘든데 애를 둘이나 데리고 어떻게 사나."

그렇다고 아이를 그냥 놓고 가려니 눈에 밟혀 이러지도 저러지도 못하고 망설입니다. 남자를 봐주는 게 아니고 자기 머릿속으로 이해관계를 계산하는 거예요.

어떤 인간관계보다 결혼관계가 가장 큰 이기심으로 움직인다고 할 수 있어요. 그래서 다른 사람하고는 원수가 잘 안 되는데 부부지간에는 원수가 되는 경우가 많아요. 서로의 욕심, 기대가 커서 그게 충족되지 않으니 실망도 큰 거예요.

결혼해서 살아 보면 기대와 달리 얻는 것보다 잃는 게 많다고 느껴집니다. 그래서 '이렇게 손해 보고 어떻게 살아?' 하는 생각을 하게 됩니다. 상대가 경제적으로 능력이 없다, 성격이 나쁘다, 바람을 피웠다 등 이유도 여러 가지입니다. 이것들을 가지고 손익 계산을 합니다.

왜냐하면 결혼할 때도 한 가지만 보고 결정한 게 아니라 종합적으로 계산해서 선택했잖아요. 저 사람은 키는 좀 작지만 돈이 있다든지, 돈은 없지만 인물은 괜찮다든지. 이렇게 종합 점수를 매기고 선택을 했단 말이에요. 그러니까 이혼할 때도 한 가지만 갖고 결정하진 못하잖아요. 종합적으로 판단하다 보니 이것은 괜찮고, 저것은 문제고, 계산이 복잡한 거예요. 그래서 빨리 결정을 내릴 수가 없어요. 결혼할 때도 계산하느라 망설였듯이 이혼할 때도 이것저것 계산하느라 망설이는 겁니다.

이와 달리 어릴 때부터 한 동네에 살며 '오빠, 동생' 하면서 정이 들었다면 다른 게 눈에 안 들어옵니다. 정이 들면 눈이 어두워져요. 정이 들면 계산을 떠나요. 눈을 가리거든요. 그래서 이해관계를 따지는 게 좀 약해지는 겁니다.

하지만 대부분의 부부관계는 이기심으로 만나서 살기 때문에 갈등은 필연적이에요. 이때는 '부부관계는 원래 그렇다.'는 것을 서로 알아야 합니다. 만약 배우자가 뭔가 약간 속인 게 있다고 생각될 때 예를 들면 학벌도 속인 것 같고, 재산도 속인 것 같을 때 '저게 나를 속였구나.'라고 생각하기보다 '아, 약간 속여 줘서 이렇게 우리가 만나게 됐구나.'라고 생각해야 합니다. 속이지 않았으면 만날 수가

없었어요. 그러니 고맙게 생각할 일이지요.

부부가 아무리 가까워도 살면서 죽을 때까지 말 못 하는 게 있습니다. 결혼 전부터 조금씩 속인 게 있기 때문이에요. 어쩔 수 없이 드러내야 하는 것도 있어요. 작은 키 같은 신체조건은 끝까지 속일 수가 없잖아요. 그러나 그 외에 드러나지 않을 수 있는 것들은 끝까지 움켜쥐고 갑니다. 그렇게 10년, 15년 살다가 상대가 그걸 알게 되면 난리가 나지요. '15년 동안 나를 속였다.'라고 원망하면서 펄쩍 뜁니다.

그러나 반대로 생각하면 상대가 그걸 숨겨 줬기 때문에 15년이나 살 수 있었던 거예요. 그래서 숨긴 것 자체를 나쁘다고 생각하면 안 된다는 거예요. 그 사람만 그런 게 아니라 나도 그렇잖아요. 이기심으로 만난 인간관계에서 그렇게 하지 않고는 부부가 되기 어렵습니다. 시시콜콜 옳고그름을 따지려면 혼자 살아야 해요.

그러나 이런 현실을 인정하고 받아들이면 상대에게 무조건적인 희생과 헌신을 강요하거나 사랑을 요구하지 않게 됩니다. 내가 이기심을 갖고 있듯이 상대도 그렇다는 걸 알게 되면 상대에게 무리한 요구를 하지도 않고 자기 뜻을 따라 주지 않는다고 실망하지도 않아요. 이때 비로소 가정도 평화로워질 수 있습니다.

배우자와 이해관계로 얽혀 있으면서도 그 이치를 모르면 상대에게 자꾸 사랑을 요구하게 됩니다. 그리고 자기 생각만큼 해주지 않는다고 원망하고 괴로워합니다. 이 이치를 알아야 괴로움을 피할 수 있어요.

사실 남녀가 이해관계로 만나 결혼해도 괜찮아요. 사업을 같이 하는 사람은 이해관계로 만납니다. 서로가 이해관계로 만났다는 걸 잘 알기 때문에 동업자끼리 맞춰가며 일을 잘할 수 있는 겁니다. 처음부터 이해관계로 만났다는 사실을 서로 인정하는 거죠. 그래서 이익을 정확하게 나눕니다. 자기가 한 만큼 혜택이 돌아오면 불만이 없잖아요.

그런데 여러분은 주는 것 없이 무조건 받으려고만 합니다. 이것이 부부 사이에 갈등이 되는 거예요. 사실은 이해관계가 첨예한데, 이해관계임을 인정하지 않고 사랑하는 관계라고 착각하고 막무가내로 사랑을 요구하니 갈등이 생겨요.

사랑이 아닌 것을 사랑이 아닌 줄 아는 게 바로 진리입니다. 이해관계로 뭉친 사이임을 있는 그대로 인정할 때 타인에게 실망하지 않습니다. 내가 저 사람과 이해관계로 만나고 있다는 것을 알 때, 저 사람이 나에게 이해관계로 접근하는 것을 인정하고, 그를 비난하지 않게 됩니다. 나도 그렇다는 걸 잘 알기 때문이에요.

서로 이해관계가 있다는 것을 인정하고, 서로의 처지를 조금만 이해하면 모두에게 이익이 됩니다. 인간이란 존재 자체가 자기 이익을 추구한다는 사실을 인정하면 각자 이익을 추구하며 살아도 아무런 문제가 없어요. 다시 말하면 부부가 사랑이 아니라 이해관계로 살아도 잘 살 수 있어요. 내가 이해관계로 배우자를 바라보듯이 배우자도 자기의 이해관계에 따라 나를 본다는 사실만 안다면 아무런 문제가 없어요.

그런데 나는 이해관계로 상대를 보면서 상대에게는 사랑으로 대하라고 요구합니다. 나는 이해관계로 상대를 대하면서 상대는 내게 헌신하기를 기대합니다. 이 때문에 실망하고 갈등이 생기는 것입니다. 사랑은 저절로 일어나야지 억지로 되는 게 아니지 않습니까? 그래서 저는 배우자를 사랑하라는 말 같은 건 하고 싶지가 않아요. 사랑하라고 해서 말처럼 그렇게 되면 얼마나 좋겠어요? 그런데 잘 안 되잖아요. 그래서 저는 "자신을 보라."고 말하고 싶어요.

"내게 이기심이 있나? 있다. 세상 사람들도 다 이기심이 있다."

"내 배우자도 그렇다."

"내가 내 배우자 말고 다른 이성에게 관심이 좀 있나? 있다."

"그러면 내 배우자도 다른 이성에게 관심이 좀 있을 것이다."

"내가 다른 이성에게 관심이 있지만 배우자를 두고 딴짓할 생각은 없다. 그러면 내 배우자도 다른 이성에게 관심은 있지만 딴짓까지는 하지 않을 것이다."

이렇게 자신을 거울삼아 상대의 마음을 이해하고 믿는 겁니다. 내가 항상 배우자만 생각하는 것은 아니지만, 다른 이성을 만날 기회가 없어서 바르게 살은 격이 되었지요. 거기까지 생각해 보면 설사 배우자에게 이성 문제가 생겨도 길길이 뛰면서 분노하는 대신, '배우자에게 그런 기회가 생겼구나.'라고 생각할 수 있는 거예요.

우리가 자신의 마음을 보며 상대의 마음을 짐작해 보면 굳이 사랑이라는 말을 내세우지 않아도 얼마든지 행복하게 살 수 있습니다. 이때 비로소 사랑이란 말을 안 써도 사랑하고 있는 겁니다. 상대를 인정하고 이해하는 것이 바로 사랑이에요.

잘 보이려 속이고 속는 마음

사람들은 결혼 대상을 고를 때 따지는 게 참 많습니다. 첫째, 인물이 괜찮아야 합니다. 팔짱 끼고 어디 가려면 남부끄럽지 않을 만큼은 되어야 해요. 키도 좀 커야 해요. 언변도 좀 좋아야죠. 얼굴도 반반하고 돈도 좀 있어야죠. 그 다음에 교양도 좀 있어야 하지 않습니까? 학벌도 좀 있어야 하고, 사회적 지위도 좀 있어야 합니다. 다 좋은데 성격이 나쁘면 어때요? 그것도 안 되잖아요. 성격도 좋고 게다가 나만 사랑해야 합니다. 이런 여러 조건에 맞춰 고르고 또 고릅니다.

친구를 사귈 때는 어떻습니까? '이 인간이 의리가 있나?' 이것만 보면 돼요. 그 사람이 잘생겼는지 못생겼는지, 부자인지 가난한지는 별로 중요하지 않습니다.

사업을 할 때는 '이 사람이 신용이 있나?' 이것만 보면 돼요. 사업파트너는 성격이 좋은지 나쁜지를 그리 중요하게 생각하지 않아요. 손해나지 않게 할 수 있겠는가, 신용이 있는가, 이것만 봅니다.

그런데 결혼 상대자는 여러 가지를 다 봅니다. 왜일까요? 한 사람 잘 잡아서 평생 덕 보려는 마음 때문이에요. 그러니까 여러분이 사랑으로 결혼했다고 하지만 그건 착각이고, 마음속을 들여다보면 끝없는 욕심으로 가득 차 있어요.

요즘 젊은 사람들이 연애할 때 한눈에 반했다고 하는데 사실 한눈에 반했다는 것은 상대방이 여러 가지 조건을 다 갖추고 있는 것처럼 보인다는 뜻입니다. 내 눈에 상대가 왕자 같거나 공주 같아 보인 경우에 한눈에 반했다고 하는 겁니다.

그런데 한눈에 반하면 연애나 결혼생활이 오래가지 못할 확률이 높습니다. 그냥 같이 살다 보니 정이 들어 사는 사람보다 훨씬 이혼율이 높습니다. 왜 그럴까요? 한눈에 반했다는 것은 눈에 들어올 만큼 상대가 멋져 보였다는 거예요. 그만큼 기대치가 높을 수밖에 없어요. 시간이 지날수록 상대에 대한 기대치가 채워지지 않아 결국 실망할 수밖에 없습니다.

결혼하기 전, 선을 보러 갈 때를 생각해 보세요. 자기 얼굴이 조금 못났다 싶으면 어떻게 합니까? 그날 마사지도 하고 화장도 하고 가지요? 가면을 좀 쓰는 거예요. 머리도 다듬고 나갑니다. 옷도 있는 것 중에서 제일 좋은 것을 고르고 없으면 빌려 입고 꾸며서 나

가요. 키가 작으면 신발도 높은 걸 신고요. 그뿐이겠어요? 여자나 남자나 좀 교양있게 행동합니다.

평상시 같으면 근처 까페 가서 커피를 마실 텐데 그날은 호텔 카페에 가고, 없는 돈을 빌려서 상대에게 선심을 씁니다. 멋있어 보여야 하니까요. 그렇게 서로를 살짝살짝 좀 속이는 겁니다. 왜냐하면 결혼하기 전에는 사람에 대한 기대가 크기 때문에 그냥 있는 그대로 보여 주면 만족하기가 굉장히 어려워서예요. 살짝살짝 속여 줘야 만족도를 높일 수 있어요.

중매쟁이가 결혼을 성사시키려고 거짓말을 좀 하지요? 그건 나쁜 뜻으로 하는 게 아니에요. 솔직하게 얘기하면 성사가 잘 안 되니까 그래요. 고등학교 나왔으면 전문대학 나왔다고 얘기하고, 전문대학 나왔으면 4년제 대학 나왔다고 얘기하고, 4년제 대학 나왔으면 석사 과정 밟다가 중도에 그만뒀다고 얘기합니다. 이렇게 약간씩 높여 줘야 서로의 요구를 만족시킬 수 있습니다. 모든 인간이 자기보다 조금 나은 사람을 구하기 때문이에요.

그런데 남자가 양복을 빼입고 여자도 예쁘게 치장하고 와도, 사실은 자기도 사기 치려고 꾸미고 왔고 상대도 사기 치려고 꾸미고 온 거 압니다. 알지만 그래도 속아 주잖아요? 스스로도 속습니다. 사기 치는 것을 한쪽으로는 알면서 다른 한쪽으로는 또 속아요.

그렇게 속고 속여서 결혼해 살아 보면 어떻습니까? 기대를 갖고 있었는데 한집에 살아 보니 허물이 하나씩 보이기 시작합니다. 높은 구두도 벗어야지, 방에서도 신고 있을 수는 없잖아요. 얼굴도 세수를 해야지, 화장한 채로 잘 수는 없잖아요. 옷도 항상 화려한 옷만 입고 살 수는 없잖아요. 또 날마다 레스토랑에 가서 식사할 수도 없잖아요. 된장찌개도 먹어야죠. 또 살아보니 어때요? 남자가 처음에 본 것처럼 점잖은 사람인가요? 여자는 처음에 본 것처럼 얌전한 사람인가요? 아닙니다. 그래서 결혼한 사람들이 흔히 이럽니다.

"내 눈을 내가 찔렀다."

살다 보면 화장도 지워야 하고, 신발도 벗고, 성질도 그냥 드러내야 하고, 주머니에 돈 없는 날도 많습니다. 어때요? 처음 생각했던 것과 좀 다르죠? 상대에게 덕 좀 보려 했는데 덕 볼 게 별로 없거든요. 그래서 '아, 결혼 괜히 했다.' 하는 생각이 드는 거예요. 이러면서 부부 사이에 믿음이 깨지고 신뢰에 금이 갑니다. 그리고 점차 갈등이 생기게 돼요.

그래도 아직은 기대가 남아 있으니까 '처음이라서 그렇겠지.', '조금 살아 보면 괜찮겠지.'라고 생각합니다. 이러다가 아기가 생겨요. 아기가 생기면 생활이 정신없이 돌아가고, 바쁘니까 또 어영부영 시간을 보냅니다. 이러다 보면 그냥 살아지는 겁니다.

그런데 부부가 갈등 속에서 아기를 갖게 되면 아기에게 문제가 생깁니다. 보통 결혼해서 10년 정도는 배우자 때문에 속 썩다가 포기를 하든지 아니면 비위를 맞추든지 헤어지든지 해서 그 문제를 겨우 풀어 놓습니다. 그걸로 괴로움이 끝나느냐 하면 그렇지가 않습니다. 아이가 사춘기에 접어들면서 문제가 발생하는데, 이것은 배우자 문제보다 훨씬 더 풀기가 어렵습니다. 그러면 다시 자식 문제로 하소연하고, 신세타령을 합니다.

흘러가는 삶 속에서 이렇게 괴로움이 끊이지 않는 데는 이유가 있어요. 바로 욕심 때문입니다. 결혼하기 전에 욕심을 갖고 대상을 고르고, 자기 욕심이 채워지지 않으면 자꾸 불만스러워하면서 괴로워합니다. 이러한 마음이 자식에게도 영향을 미쳐서 아이는 불안 속에서 성장하게 돼요. 결국 부부가 화합하기보다 상대에게서 하나라도 더 얻으려는 욕심이 화를 부른 겁니다.

내가 가난한데 부자와 결혼하거나, 나보다 학벌이 월등하게 높고 경제력이 뛰어난 사람과 결혼하면 죽을 때까지 종살이를 각오해야 합니다. 돈 걱정 없이 폼 잡고 좋은 곳에서 사는 대신 배우자에게 평생 기죽어 살아야 해요.

반대로 내가 돈 벌어 배우자한테 줘 가면서 살면, 돈 못 버는 배우자가 불만스럽긴 하겠지만 가만히 보면 제 맘대로 큰소리치고 삽니다. 모두 장단점이 있어요. 그러니까 어떤 사람하고 살든 괜찮아요. 다만 선택하기에 앞서 각자 인생의 목표가 있을 테니 어느 것을 얻고, 어느 것을 포기할 것인지를 확실히 정해야 합니다.

"그래, 종살이 좀 하면 어때. 나는 잘 먹고 잘 사는 게 좋다." 이렇게 결정했다면 그렇게 살면 됩니다. 하지만 "천금을 줘도 종살이는 싫다. 내가 대장 노릇을 하면서 살고 싶다." 이렇게 결정했다면 선택을 달리 해야지요. 이런 경우에는 자기보다 다섯 살이나 열 살쯤 어린 사람과 결혼해서 동생처럼 달래 가며 큰소리치며 살아야 합니다. 하지만 큰소리친 대가로 돈도 내가 내야 하고 나중에 늙으면 고생은 좀 합니다.

무엇을 선택하든 대가가 따른다는 것을 알아야 해요. 욕심을 부릴수록 과보는 클 수밖에 없어요. 많이 가지고 더 많이 얻으려고 할수록 큰 화를 불러온다는 사실을 명심하고, 상대에게서 받으려는 마음부터 줄여야 합니다.

내 틀에 상대를 가두지 마라

6살 연상 여자 친구가, 결혼을 앞두고 부모님과의 상견례를 두려워 하고 있는데 어떻게 설득해야 하는지 고민인 남성이 있었습니다. 이 남성은 "어머니께 그 정도는 해야하지 않나?" 하는 생각에서 양가 부모님께 인사는 꼭 드려야 한다 생각하고 있었습니다.

그런데 인사를 꼭 드려야 한다는 건 자기 생각입니다. 그건 본인 요구이고, 본인에게 필요한 거죠. 상대가 인사 가는 게 좋다고 하면 갈 수 있지만 인사 가기가 힘들다는 사람을 억지로 끌고 가지는 말라는 얘기입니다.

여자친구가 사람 대하는 것을 어려워하고, 이런 저런 이유를 대며 싫다고 자꾸 얘기한다면 마음에 트라우마가 있을 수도 있어요. 그런 사람에게 "이런 것도 해라, 저런 것도 해라.", "부모님께 뭐도 해라." 이렇게 요구하면 상대 입장에서 감당할 수 없어요. '여자친구는 착하지만 트라우마가 있구나. 사회 적응력이 좀 떨어질 수 있 겠구나.' 이렇게 인지하셔야 해요. 그러니 결혼을 하게 되면 아내가 적응하기 어려울 것 같은 외부 환경을 막아주고 보호해 줘야 돼요.

그럴 자신이 있으면 결혼하고, 안 그러면 안 하는게 좋아요. 아 내가 어머니한테 잘해야 한다고 생각하고, 욕을 해도 "네가 이해하 라." 이렇게 하려면, 그 여성은 결혼 상대자로서 안 맞다는 겁니다. 그 여성은 본인만 보고 결혼하지, 뒤에 있는 시집 식구들을 보고 결 혼하는 게 아니잖아요. 정말로 그 사람과 결혼하고 싶다면 이렇게 과감하게 얘기해야죠. "어머니 안 만나도 돼. 제사 때 안 가도 돼. 내가 갈게. 너는 집에 있어. 그건 내가 확실하게 보장해 줄게." 이렇 게 결혼생활에 외부인이 관여하지 않도록 입장을 명확하게 갖고 있어야 여자친구도 질문자를 믿고 결혼을 할 수 있습니다.

어머니한테는 나보다 나이 6살 많은 결혼하고 싶은 사람이 있다 고 얘기하세요. 어머니가 선뜻 좋은 말은 안하시면,

"제가 장가가는 게 좋겠어요. 혼자 사는 게 좋겠어요?" 이렇게 물어보세요.

"장가가야지."

"좋은 사람이 있는데, 그 친구는 그냥 둘이만 살고 싶어 하지 양가 식구들이 간섭하는 것은 별로 안 좋아합니다. 어떻게 할까요?"

"그런 여자는 안 돼."

"그러면 저는 평생 혼자 살아야 합니다. 제가 혼자 사는 게 좋겠습니까? 결혼하는 게 낫겠습니까?"

이렇게 대화를 해서 간섭을 딱 끊어야 합니다. 이것을 못하면 결혼생활에 문제가 일어납니다. 부모와 아내 사이에 양다리 걸쳐 놓고 양쪽을 다 가지려고 하기 때문에 고부갈등, 부부갈등이 생기는 겁니다.

결혼을 했으면 부모가 자신을 어떻게 키웠든 기본적으로 관계를 끊고 새로운 가정에 충실해야 합니다. 남편은 아내가 허용하는 범위 안에서 옛날 가족을 만나야 하고, 아내는 남편이 허용하는 범위 안에서 옛날 가족을 만나야 해요. 그래야 새로운 가정이 유지됩니다. 설사 부모나 형제가 뭐라 해도 "결혼 생활은 내가 하는 것이지 당신이 관여할 일이 아닙니다." 이렇게 대답할 정도로 딱 중심을 잡아야 합니다.

요즘은 결혼식 안 하고 사는 사람도 많아요. 결혼 풍속도 많이 바뀌었습니다. 상견례를 안하거나 양가 가족만 불러 하객없이 결혼식을 올리는 사람, 혼인신고 없이 그냥 동거하는 사람이 늘고 있어요. 프랑스는 전체 동거인의 50% 이상이 혼인신고도 안 하고 산다고 해요. 관례를 따르면 좋지만 상대가 싫다면 포기할 수 있어야 합니다. 요즘 결혼 풍속도 많이 바뀌었는데 옛날 것을 고집하지 말고, 같이 살 상대방 의견을 존중하고 맞춰주세요.

왜 상견례를 고집해요?. '이 정도는 해야 한다.' 이렇게 내가 집착하는 생각이 문제입니다. 그런 생각을 한다는 것 자체가 자기가 옳다는 생각에 빠져 있다는 반증입니다. '이 정도는 해야 한다.'하는 것을 포기해야 진정으로 상대의 뜻을 수용했다고 볼 수 있습니다. 제가 말한 대로 해야 장가를 갈 수 있어요. 자기 고집대로 하면 좋은 사람 다 떠나보낼 수 있다는 것을 명심 하시기 바랍니다.

착각, 보고 싶은 것만 보는 마음의 작용

우리는 대부분 자기 남편이나 아내의 모습을 자기가 원하는 대로 상상합니다. '남편이 이렇게 되었으면 좋겠다, 아내가 이렇게 해주었으면 좋겠다.' 자신의 생각대로 기대합니다. 그런데 상대가 내 생각대로 움직여 줍니까?

실제로 상대는 내 바람과 다른 모습을 보입니다. 그리고 기대가 깨지면 깨질수록 갈등의 골은 깊어집니다. 상대가 하는 행동이 다 보기 싫어집니다. 아무리 잔소리를 해도 남편은 술을 마시고 늦게 들어옵니다. 내 생각대로 해주지 않으니 상대를 미워하게 됩니다.

내가 그리고 있는 상대의 모습, 이것은 허상입니다. 내가 '이래야 한다.'고 생각하는 상대의 모습은 내 생각 속에만 존재합니다. 남편이 10시에 들어오면 10시에 들어오는구나, 술 마시고 오면 술 마셨구나, 하고 실제 있는 그대로 보면 되는데, 그것을 자기가 원하는 기준대로 보니까 다 틀어져 보이는 겁니다. 그러다 보면 미워지는 겁니다.

술 먹는 남편의 모습은 내 입장에서는 싫지만 술집 주인 입장에서는 좋은 일입니다. 술 먹는 행위 자체는 좋은 것도 나쁜 것도 아니지만, 각자 보는 입장에 따라 좋고 나쁠 뿐입니다. 상대방이 문제가 아니라 상대를 보는 자기의 문제인 거예요.

가을이 깊어가면 나뭇잎이 떨어집니다. 나뭇잎이 떨어지는 걸 보면 쓸쓸하죠? 그런데 왜 쓸쓸할까요? 낙엽과 쓸쓸한 것이 무슨 상관이에요? 낙엽은 그냥 자연의 현상일 뿐이에요. 내가 쓸쓸한 것은 낙엽 탓도, 가을에 있는 것도 아니지요. 그럼에도 우리는 내 쓸쓸함을 낙엽과 가을 탓으로 돌립니다. 사실 쓸쓸함과 가을은 아무런 관계가 없어요. 단지 내가 그렇게 생각하는 거예요.

어떤 사람이 동산에 둥근달이 떠오르는 걸 보고 이렇게 시를 읊었어요.

"아, 오늘 밤은 달마저도 나를 슬프게 하는구나!"

실제 우리가 동산에 떠오르는 달을 보고 눈물이 날 때가 있어요. 그런데 달이 나를 슬프게 하려고 떠올랐나요? 내 슬픔은 달과 아무런 관계가 없어요. 그런데 이런 의문은 듭니다.

'만약에 달이 안 떠올랐다면, 달을 안 봤다면 눈물이 안 날 수 있잖은가?'

'내가 달을 안 봤으면 눈물이 안 났을 텐데 달을 보니까 눈물이 난다. 이것은 달과 관계가 있는 것 아닌가?'

이게 바로 착각입니다. 달은 내 생각과 아무런 관계가 없어요. 내 슬픔의 책임을 달에게 전가하는 겁니다. 어떤 사람은 동산에 떠오르는 달을 보며 이렇게 말합니다.

"아, 오늘은 달마저도 나를 기쁘게 하는구나."

그런데 이 사람이 기쁜 것도 달과는 아무런 관계가 없어요. 달이라는 게 누군가를 기쁘게 하려고 떠오르는 게 아니에요. 그러면 진실은 뭐예요?

"내가 동산에 떠오르는 달을 보고 슬픈 생각을 일으켰다."

이게 진실이에요. 내가 달을 보고 마음을 일으킨 거예요. 그러니까 달에게는 책임이 없어요.

"남편이 술을 먹고 늦게 와서 저를 화나게 했어요."

이렇게 말하는 분이 계신데, 이것은 진실이 아닙니다. 남편이 나를 화나게 한 게 아니에요. 나를 화나게 한 것은 그 누구도 아니에요. 진실은 뭘까요? 남편이 술을 먹고 늦게 들어오는 모습을 보고 '내가' 화가 난 거예요. 남편이 바람피웠다는 소식을 듣고 '내가' 화가 난 거예요. 가령 평소에 남편과 헤어지고 싶었는데, 마땅한 핑계가 없을 때 남편이 바람피웠다는 소식을 들으면 기뻐요, 괴로워요? 그때는 기쁘죠. 따라서 바람피웠다는 사실 자체가 나를 괴롭히는 것은 아니에요.

　이처럼 우리는 상대에 대해 자기 마음대로 그림을 그리고, 왜 그렇게 하지 않느냐고 따집니다. 상대의 모습을 내 마음대로 그려 놓고, 왜 그림과 다르냐고 상대를 비난합니다. 있는 그대로 보지 못하는 마음의 착각이 나 자신과 상대, 모두를 힘들게 합니다.

괴로운 이유는 사랑하지 않기 때문에

한 여성이 제게 남편이 병원에 7년이나 누워 있다면서 한탄을 했습니다.

"스님, 제가 전생에 무슨 잘못을 저질렀다고 이렇게 오래 병원에 누워 있는 남편의 병수발을 해야 하는 겁니까?"

과연 전생의 잘못 때문일까요? 아닙니다. 남편이 아픈 것과 전생은 아무런 관계가 없습니다. 그렇다면 아무것도 안 해도 됩니까? 그렇지는 않아요. 부부가 인연을 맺고 서로 사랑하며 돕기로 했는데, 지금 남편은 늙었고, 또 병들어 있습니다. 누군가의 도움이 필요합니다. 바로 이때 아내가 남편을 정성껏 도와주는 것이 사랑입니다. 이것이 부부예요.

그런데 이분의 얘기를 들어 보면 이것이 하기 싫다는 겁니다. 전생에 무슨 죄를 지어서가 아니라, 지금 사랑하지 않기 때문에 하기 싫은 거예요. 지금 남편을 사랑하지 않는 게 문제지, 전생은 문제가 아닙니다.

남편이 건강할 때는 내가 없어도, 도와주지 않아도 잘 살아갑니다. 그때는 내버려 두는 것도 사랑의 표현이에요. 그러나 지금은 내가 없으면 남편은 살아가기 어렵습니다. 이때는 도와주는 것이 사랑의 표현입니다. 도움이 필요할 때 돕지 않는 것은 사랑하지 않는다는 거예요. 지금 내가 괴로운 것은 사랑을 못 받아서가 아니라 사랑하지 않기 때문입니다.

"7년이나 누워 있었는데요?"

7년이 아니라 앞으로 10년을 더 누워 있더라도 마찬가지예요. 이것은 햇수와는 상관이 없습니다. 지금 남편이 도움을 필요로 하기 때문에 다만 도울 뿐이지, 지금까지 병수발을 몇 년 했는지는 아무런 상관이 없어요.

그렇다면 왜 이런 갈등이 생겼을까요? 사랑으로 결혼한 게 아니고 이해관계에 따라 결혼했기 때문입니다. 이익을 보려고 결혼했기 때문이에요. 남편이 건강하고 돈도 잘 벌면 덕 볼 게 좀 있죠? 그래서 이것을 사랑이라고 착각하며 사는 것이고, 남편이 돈도 못 벌고 병들고 늙으면 어때요? 더 이상 덕 볼 게 별로 없고, 심지어 내 것을 줘야 합니다. 그건 손해날 일이어서 싫다는 겁니다. 이것은 사랑이 아니에요.

이 분만 아니라 우리 대부분이 그렇습니다. 여러분이 결혼하려고 사람을 만나러 갈 때 이것저것 따지지요? 그 이유는 뭘까요? 얼마나 덕 볼 게 있는가를 보는 겁니다. 한 사람 잘 잡아서 평생 얻어먹고, 평생 덕 보려고 고르고 또 고르는 거예요. 이것은 사랑이 아닙니다. 그래서 저는 여러분이 사랑이 어쩌고저쩌고하면 '쳇, 웃기고 있네.' 하는 생각이 들어요.

이분은 지금 남편을 사랑하지 않기 때문에 마음에 갈등이 생긴 겁니다. 시간도 내야 하고, 봉사도 해야 하고, 돈도 계속 들어가요. 한 마디로 귀찮은 거예요. 그래서 고민이 되는 겁니다. '언제까지 이렇게 살아야 하나?' 이런 생각을 하는 겁니다.

이분은 처음에 남편이 급성 암으로 쓰러졌을 때 무척 힘들어했어요. 몇 달 만에 병세가 급격히 악화되어 목에 구멍을 뚫어 음식과 공기를 넣었는데, 그것도 불가능해지자 배에까지 구멍을 뚫어 음식을 넣어야 하는 상황이 되었습니다. 부인은 병원비를 벌기 위해 남편이 운영하던 가게도 나가야 하고, 병수발도 해야 하는 상황이 힘들었겠지요. 또 중환자실에만 있으면 괜찮은데 병실을 옮기면 계속 한 사람이 곁에 있어야 했어요. 그렇게 되면 가게를 운영할 수 없는 형편이라 걱정이 이만저만이 아니었어요.

처음엔 남편이 쓰러진 게 걱정이었는데 그 상황이 7년째 이어지다 보니 남편이 오래 사는 게 걱정이 된 거예요. '차라리 남편이 빨리 죽었으면!' 이렇게 생각하다가 죄의식을 느낄 때도 있었고, '안 죽고 오래 살면 앞으로 어떻게 해야 하나?'라는 걱정으로 하루하루를 보낼 때도 있었어요. 남편이 죽어도 문제고, 살아도 문제였어요. 바로 이게 중생세계예요. 늘 이래도 문제고, 저래도 문제예요.

이때 아내로서 어떤 마음을 내는 게 옳을까요? 남편을 돕는 것이 힘들긴 하지만, 그래도 남편을 돌볼 수 있는 것은 살아 있기 때문에 가능한 것 아닙니까. 저 사람은 죽어 가고 있고, 나는 살아 있습니다.

반대로 내가 환자로 누워 있고, 남편이 나를 간호해 주는 게 나아요, 아니면 아무리 힘들어도 내가 간호하는 게 나아요? 그래도 간호하는 사람이 낫잖아요. 그러니까 내 처지가 남편보다 훨씬 유리하다는 사실을 알아야 해요. 그리고 정성껏 간호를 해야 죽든 살든, 어떤 일이 벌어지든 자식과 일가친척에게 떳떳하고, 자신에게도 떳떳합니다.

그래서 다른 걱정하지 말고, 그냥 '오래만 살아 주십시오.'라고 기도하라고 했어요.

"스님, 오래 살면 큰일인데요."

"그런 소리 하지 마세요. 그냥 '누워 있어도 되니까 그저 오래만 사십시오.' 딱 이렇게 기도하세요."

처음에는 이분이 별로 안 내켜 했지만, 그래도 기도문대로 기도

했어요. 그런데 2주 만에 남편이 돌아가셨어요. 이때 '아무래도 좋으니까 살아만 계십시오.'라고 기도했는데도 죽은 것은 내 탓이에요, 그 사람 탓이에요? 그 사람 탓이에요. "아이고, 이렇게는 못 살겠다. 죽든지 살든지 알아서 해라." 이렇게 해서 죽으면 누구 탓도 있어요? 내 탓도 있는 거예요. 이건 굉장히 중요한 겁니다. 이게 마음의 상처로 남으면 남편이 죽은 뒤에는 내 마음을 치료해야 하는 문제가 생겨요.

어리석은 사람은 늘 잘못을 저지르고 후회하고 또 잘못을 저지르고 후회합니다. 하지만 지혜로운 사람은 상황을 정확하게 판단해서 후회 없이 문제를 해결합니다.

상대가 어떤 도움을 요청할 때 싫어하는 마음으로 억지로 하면 좋지 않습니다. 예수님께서 말씀하신 것처럼 "누가 5리를 가자고 하면 10리를 가 주어라."는 마음을 내는 것이 좋아요. 그것이 수행자의 자세예요. 이때 누가 행복해질까요? 바로 내 마음이 편안해지고 행복해지는 거예요.

맺힌 것은 풀어라

청혼할 때 맑은 정신으로 사랑 고백을 하는 사람이 있는가 하면, 술 한잔 먹고 와서 고백하는 사람도 있어요. 술 먹고 사랑 고백을 하는 사람은 술 취한 김에 한 게 아니고 어린 시절의 어떤 경험 탓에 말이 입 밖으로 잘 안 나오기 때문이에요. 그래서 술을 먹고 약간 정신이 마비돼야 말이 입 밖으로 나오는 거예요. 평상시에는 말이 없다가 술에 취하면 말을 많이 하는 사람의 행동을 잘 살펴보면, '아, 저 사람은 결혼하면 술주정할 소지가 있구나!' 이렇게 짐작할 수가 있어요.

젊어서부터 문제가 생길 때마다 술로 해결하려는 남자가 있었어요. 이것이 습관이 되어 결혼 후에도 서운한 일이 있으면 이성을 잃을 정도로 술을 마시고 가구를 부수고 소리를 질렀어요. 그러고는 아침이 되면 아주 순한 양이 되어 아내에게 싹싹 빈다는 거예요.

"남편이 술에 취해 행패를 부리고는, 다음 날 자고 일어나면 잘못했다 그래요. 하지만 일주일 있다가 또 술을 먹고 들어와서 행패를 부린 세월이 30년이나 됐어요. 이제는 정말 이혼하고 싶습니다."

이때 정말 그만 살고 싶으면 어떻게 하면 될까요? 안 살면 됩니다. 나온 집으로 안 들어가면 되잖아요. 그런데 이제 그만 살고 싶다고 제게 의논을 했다는 것은 진짜 이혼을 하겠다는 거예요, 아니면 남편을 좀 고쳐서 살고 싶다는 거예요? 좀 고쳐서 살고 싶다는 소리예요. 그러니까 술 먹고 좀 실수하는 것 빼고는 남편이 괜찮다는 얘기예요. 행패를 부리긴 해도 아침에 일어나서는 잘못했다고 싹싹 빌고, 직장도 있으니 돈도 벌어다 주잖아요. 그런데 술 먹고 행패 부리는 것 하나가 문제인 거예요. 그래서 버리려니 아깝고 가지려니 이제 지겨운 겁니다. 이것은 남편 문제가 아니라 내 이해관계예요. 내가 이해타산을 하고 있는 거예요.

만약에 남편이 술 먹고 살림살이를 부수는 데다 돈도 못 벌고 아침에 일어나 빌지도 않고 성격도 더럽다면 어떻겠어요? 나한테 묻지도 않고 떠났을 거예요. 또 남편이 다 좋으면 나한테 묻겠어요? 나한테 물을 정도면 좋은 점과 나쁜 점이 반반 정도 된다는 얘기예요. 진짜 결정하기 어려우니까 묻는 거예요.

좋은 점과 나쁜 점이 반반이니까 사실은 어떤 결정을 내려도 반반이에요. 산다고 해도 괴롭고, 헤어져도 후회가 됩니다. 만약 이렇게 이혼하고 나면 남편의 좋은 점이 부각돼요. 이런 경우는 어떻게 결정하면 좋을까요?

이때는 동전의 앞면, 뒷면에 이혼이냐, 아니냐를 쓴 다음에 던져서 나오는 대로 하면 됩니다. 왜 그럴까요? 어차피 확률은 반반이기 때문이에요. 여러분이 이럴까 저럴까 망설인다면, 어떤 쪽으로 결론을 내든 어차피 반반인 거예요. 여러분이 밤잠 안 자고 결론을 내리려고 해도 결론이 안 나는 것은 고민할 가치가 없는 거예요. 결론이 안 난다는 것은 이해관계가 반반이라는 얘기입니다.

따라서 아무리 연구해도 이익이 별로 없고, 단박에 결론을 내더라도 손해가 별로 없어요. 이때는 아무 쪽으로나 결론을 내려도 됩니다. 다만 어떤 결론을 내든 이익과 손실이 반반이기 때문에 한쪽이 이익을 취하게 되면 다른 쪽이 손실을 감수해야 해요. 이것은 선택에 따르는 책임의 문제이지, 어떤 선택을 하느냐는 전혀 중요한 게 아니에요. 이런 의미에서 아무렇게나 선택해도 된다는 얘기입니다.

이분의 속마음은 '솔직히 남편을 버리고 싶지는 않고, 혹시 고쳐서 쓰는 법은 없을까?' 하는 거예요. 이런 걸 뭐라고 한다구요? 욕심이라고 합니다. 다 자기 편한 대로만 하려는 거예요.

"이 문제를 어떻게 풀면 좋을까요?"라고 묻는다면, "어떻게 해도 좋으니까 동전을 던져서 나오는 대로 하십시오." 이게 제일 현

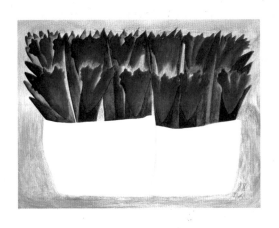

명한 답입니다.

"고쳐서 살 수는 없을까요?"라고 물으면 "없습니다."가 답입니다. 그렇다면 "살려면 어떻게 해야 됩니까?"라고 물으면 "받아들이고 사십시오."가 정답입니다. 남편과 살려고 하면 남편의 일을 문제 삼지 말아야 합니다. 그리고 다른 좋은 면을 보고 살되, 일주일에 한 번 남편의 마음을 들어주는 날을 정하는 거예요.

'남편이 들어오자마자 살림을 때려 부수면 어떻게 해요?'라는 마음이 들 거예요. 술 먹고 행패부리는 사람이 살림을 부수지 않게 하는 유일한 방법은 이야기를 들어주는 겁니다. 남편이 들어오자마자 "술상을 다시 봐 올까요?" 이렇게 물어봐 주면 행패를 부리지 않습니다. 동시에 일주일에 한 번씩 남편의 이야기를 들어주면 조금씩 얌전해집니다.

남편이 술 먹고 살림살이를 때려 부수고 예전에 했던 얘기를 반복하는 것은 어린 시절에 어떤 이유로든 심리가 억압되어 그렇습니다. 말을 했을 때 부모님이나 선생님께 야단을 들었던 경험 때문에 뭔가 말을 하는 것이 쉽지 않은 거예요. 입 밖으로 말이 잘 안 나오는 겁니다. 이런 사람은 평소에 말수가 없어요. 이처럼 평소에 말이 없고 억압된 심리를 갖고 있는 사람이 화가 나면 무섭습니다. 또 술을 먹고 취하면 무의식의 세계로 들어가면서 말을 하기 때문에 계속 옛날이야기를 반복하게 됩니다.

이런 사정을 안다면 처음부터 남편이 술 한잔 먹고 넋두리할 때 "여보, 무슨 이야기인지 나한테 말해 봐요."라고 하면서 "재미있다."고 받아 주세요. 그러면 남편의 무의식 속에 맺힌 것이 풀어지면서 달라집니다. 지금이라도 늦지 않았으니까 한번 해보세요.

자, 이 문제를 해결하는 첫 번째 방법은 헤어지든지, 함께 살든지 이익과 손실이 반반이라는 사실을 아는 겁니다. 따라서 어떤 선택을 하든 나머지 손실을 감수해야 해요. 계속 살겠다고 결론을 내면, 상대를 뜯어고치지 못한다는 사실을 알고 다시 시작해야 합니다.

두 번째 방법은 수용하는 거예요. 3일이나 5일, 또는 일주일에 한 번 '남편 이야기 들어주는 날'을 정해서 내 인생의 계획표에 넣어 버리는 겁니다. 그래서 남편의 이야기를 들어주고 수용하는 거예요. 그러면 남편의 폭력도 강도가 약해집니다.

"이 사람이 술주정을 해도 내가 수용해 버리면 굳이 이혼하는 것보다 낫지 않나?"

이렇게 상황을 받아들이면 남편을 데리고 살 수 있습니다. 이건 지혜예요. 이 조그마한 문제를 수용하지 않고 남편을 버리려고 하면 애들도 문제가 되고, 경제적인 문제도 생기잖아요. 결혼생활 30년이 됐으면 이제 나이가 예순 살이 다 되어 가는데, 이혼하고 다른 사람을 만나 또 맞춰가며 사는 일도 쉽지 않죠. 마음에 다 들지는 않지만 적당하게 고치고 수용해서 사는 게 훨씬 지혜롭지 않겠어요?

상대의 생각까지 간섭하려는 마음

연애를 하거나 결혼을 하면 상대의 생각, 심지어 감정까지 시시콜콜 알고 싶어 합니다. 상대에게 관심이 많아서라고 하지만, 그보다는 상대가 내 것이라는 생각이 더 커서예요. 이것은 상대를 자신의 통제권 안에 두려는 마음에서 비롯됩니다. 그래서 남편이 늘 말이 없고 뭘 물어도 "알 필요 없다."며 이야기를 하지 않으면, 아내는 거기에 불만을 품습니다.

"입에 자물쇠를 달았나, 왜 항상 내가 먼저 말을 걸어야 겨우 한마디 하지?"

이렇게 못마땅해 합니다. 하지만 똑같은 상황에 대해 남편에게 물어보면 어떨까요? "아내가 몰라도 되는 일인데도 자꾸 꼬치꼬치 물어서 귀찮다."라고 합니다. 아내가 볼 때는 자기가 알아야 할 일을 남편이 안 가르쳐 주는 것 같지만, 남편이 볼 때는 아내가 몰라도 될 일까지 자꾸 알려고 한다는 것이지요. 이런 갈등을 피하려면 먼저 상대에게 맞춘다는 마음으로 내 생각을 내려놓아야 합니다. 자꾸 알고 싶고, 캐고 싶은 마음을 내려놓아야 해요.

"꽃아, 꽃아, 왜 한꺼번에 피느냐. 천천히 피지. 꽃아, 꽃아, 왜 한꺼번에 지느냐, 좀 천천히 지지."

이렇게 말하지 않잖아요. 피는 것도 제 사정이고, 지는 것도 제 사정이라고, 꽃이 피면 꽃을 보고, 꽃이 지면 그만인 것처럼 무심히 볼 수 있는 게 수행입니다. 그렇게 안 되는 게 우리 중생심이고, 그렇게 안 되는 게 현실이지만 목표를 세워 이런 방향으로 나아가야 한다는 걸 확실히 알아야 합니다.

만약 같이 살 거면 상대를 그냥 날씨나 꽃처럼 생각하세요. 피는 것도 저 알아서 피고, 지는 것도 저 알아서 질 뿐, 도무지 나하고 상관없이 피고 지잖아요. 다만 내가 맞추면 돼요. 꽃 피면 꽃구경 가고, 추우면 옷 하나 더 입고 가고, 더우면 옷 하나 벗고 가고, 비 오면 우산 쓰고 간다고 생각하면 아무런 문제가 없습니다.

그런데 우리는 늘 남의 인생, 남의 생각에 간섭하려 들어요. 가령 남편한테 어떤 말을 할까 말까 망설일 때, 남편을 위해서 그렇게 합니까? 아니면 내 이익을 챙기려고 눈치를 보는 겁니까? 내 이익을 챙기려고 눈치를 보잖아요. 내가 "이것 사 주세요."라고 말하면 남편에게 "그래."라는 소리를 들어야 한다고 이미 답을 정해 놓고 눈치를 보는 거예요.

그런데 여러분이 남편의 의사를 존중한다면 어때요? 사 달라는 건 내 마음이고, 안 해 주는 건 누구 마음이에요? 남편 마음이잖아요. 그러니까 남편의 생각을 간섭하지 않으면 말하기가 쉬워요. 얘기하고 싶은 것 있으면 해버리면 돼요. 눈치 볼 필요가 없어요. 받아 주고 안 받아 주는 건 그 사람 마음이니까 나는 말하는 것까지만 생각하면 돼요.

"이것 하나 사 주세요."라고 말했는데, 상대가 "안 돼!" 이러면 "알았습니다." 이러면 되는 거예요. 그런데 여러분은 먼저 답을 딱 정해놓고 있어요. "내가 사 달라고 하면 네가 사 줘야 돼." 이런 식이에요. 그래서 안 사 주면 기분이 나빠져서 남편이 나중에 사 준다 해도 "이제 나는 안 살 거야." 이럽니다.

이 경우 자기가 원하는 것을 못 사니, 누구 손해예요? 그러니 또 괴롭잖아요. 그래서 괜히 남편 미워하고 그러잖아요. 이때는 "이거 하나 사 주세요."라고 가볍게 말하세요. 상대가 "안 돼!"라고 하면 "알았어요." 이러면 되고, 그래도 사고 싶으면 다시 "사 주세요." 이러면 되는 거예요. "안 된다니까." 이러면 "알았어요." 이러면 되는 거고, 여전히 마음에 있으면 또 "그래도 사 주지?" 이러면 사 줄 확률이 높아져요, 낮아져요? 높아집니다.

두 방법 중에 어떤 게 더 이익이에요? 남편도 안 미워하고 나도 안 괴롭고, 내가 원하는 것을 이룰 확률도 높은 길이 있잖아요. 그런 길 놔두고 공연히 성질내면서 스스로 괴로움을 삽니다. '저 인간은 성질이 더러워서 사 달라고 할 때 안 사 주고. 그래, 네가 사 준다고 해도 이제 치사해서 안 갖는다.' 이렇게 생각하면서 자신을 괴롭히고, 남편을 미워하고, 갖고 싶었던 물건도 결국 못 사는 거예요.

자기 스스로 문제를 만들어 놓고는 "전생에 뭔 죄를 지어서 저런 인간을 만났을까?" 하고 한탄을 합니다. 이것은 전생이 아니라 자신의 어리석음 탓이에요. 만약 다섯 번 이야기해서 남편이 사 줬다면 흔히 뭐라고 그래요?

"아이고, 그거 하나 사 주는 데 다섯 번이나 이야기해야 돼?"

그러면 남편은 사 주고도 얼마나 기분이 나쁘겠어요.

"아이고, 고마워. 당신이 안 된다고 했는데 내가 다섯 번이나 이야기해서 미안해."

이러면 남편은 기분이 좋겠어요, 안 좋겠어요? 당연히 좋지요. 그러면 남편은 알아서 더 사 줍니다. 어떤 게 더 현명합니까?

남편을 원수로 만든 의심

　돈을 잘 버는 의사 남편과 살면서, 다방면에서 봉사활동을 하는 부인이 있었어요. 그런데 이 부인은 항상 남편을 의심했어요. 예를 들어 남편이 평소 여자를 좋아하는데, 병원에 있는 간호사와 뭔가 있는 것 같다는 거예요. 그래서 몇 번 물어도, 남편이 아니라고 하니 '진짜 아닌가?' 싶다가도 영 마음이 놓이지가 않더랍니다. 남편이 계속 아니라고 하니까 뭐라 말은 못하지만 마음속에는 의심을 품고 있었던 거예요. 부인이 늘 남편을 의심하니까 한집에 살아도 서로 말이 없어요. 그런데 제가 간 행사에 남편이 부인과 함께 처음으로 참석했어요.

　"스님, 우리 남편이 그렇게 가자고 해도 안 가더니, 오늘 같이 왔어요. 정말 좋아요."

　부인이 아이처럼 굉장히 좋아해서 부부 사이가 좋아지나 했어요. 그런데 이튿날 전화가 왔어요.

"스님, 남편이 이혼하재요."

하루 사이에 상황이 완전히 달라진 겁니다. 부인의 가라앉은 목소리에는 분노가 담겨 있었어요.

부부가 함께 절에 다녀온 날, 부인은 기분이 좋아서 그동안 냉전 중이라 챙겨 주지 못했던 남편 와이셔츠도 빨고 양복도 세탁소에 맡기려고 주머니를 뒤졌어요. 그때 주머니에서 연극표 두 장이 나온 거예요. 그런데 그건 자기하고 간 게 아니란 말이죠.

부인은 "내 이럴 줄 알았다."라며 연극표를 딱 손에 쥐고 병원으로 쫓아간 거예요. 그리고 남편에게 대판 따지니까, 그동안 하도 의심을 받아 온 남편은 지쳤는지 더 이상 변명하지도 않고 어쩔 수 없이 시인을 한 거예요.

"그동안 아니라고 잡아떼더니, 나를 감쪽같이 속였어."라며 이혼을 요구하자 남편이, "그러자!" 라고 해 버린 것이지요. 바람핀 사실이야 당사자가 아니니 알 수 없지만 이 경우에 증거가 없었으면 이혼까지 갔겠어요? 싸우긴 해도 함께 살았겠지요. 그런데 증거 때문에 한순간에 헤어지게 된 거예요. 전날 그렇게 화기애애한 모습으로 절에 찾아온 부부가 다음 날 발견한 연극표 두 장 때문에 한순간에 남남이 된 겁니다. 그러니까 여러분도 상대가 의심스럽다고 너무 증거를 찾으려 들지 마세요. 나중에 후회할 수도 있습니다.

이 부인은 깨달음을 얻을 수 있는 좋은 기회를 놓쳤어요. 이게 무슨 의미일까요? 여러분도 알다시피 원효대사가 깨달음을 구하려고 당나라로 유학을 떠났잖습니까? 길을 가다가 밤이 되어 동굴에 들어갔는데, 너무 목이 말라 주위를 둘러보니 바가지가 하나 있어요. 목이 말랐던 터라 그 안에 고여 있는 빗물을 아주 달게 마셨지요. 하지만 아침에 일어나 자세히 보니 어제 마신 물바가지가 해골이었던 거예요. 그걸 보자 구역질이 났어요.

원효대사는 그 자리에서 깨쳤습니다. '어제 저녁에 먹은 물과 오늘 아침에 본 물이 다르지 않고, 어제 든 바가지와 지금 본 바가지가 다르지 않은데, 어제 저녁에는 그토록 달콤했던 게 왜 오늘은 구역질이 나는가?' 더럽고 깨끗한 것이 물이나 바가지에 있는 게 아니라 바로 우리 마음에 있다는 걸 딱 깨친 거예요.

"한 생각이 일어나니 만법이 일어나고, 한 생각이 사라지니 만법이 사라지네."

원효대사는 이렇게 노래한 다음 당나라 유학을 포기했습니다. 진리가 인도에 있는 것도 아니고, 중국에 있는 것도 아니고, 바로 자기 마음 안에 있다는 사실을 확연히 발견한 겁니다.

자, 연극표를 발견하기 직전까지 이 부인은 남편과 같이 행사에도 참여해서 아주 기분이 좋았어요. 그런데 연극표를 발견한 순간 화가 머리끝까지 났습니다. 연극표를 발견하기 전에는 내 남편이었는데 연극표를 본 순간 원수가 되어 버린 거예요. 그럼, 그 순간에 남편이 바뀐 거예요? 아닙니다. 남편은 어제나 오늘이나 그대로인데 남편을 바라보는 내 마음이 바뀐 거예요.

"똑같은 사람인데, 방금 전에는 남편이었는데 지금은 원수구나. 원수와 남편이 어디에 따로 있는가? 내 마음 가운데 있구나!"

만약 이렇게 깨달았다면 원효대사처럼 깨달음을 얻은 거예요. 그런데 깨달음을 얻을 좋은 기회를 놓쳐 버렸으니 얼마나 안타까워요. 인생의 깨달음을 얻을 수 있는 절호의 기회를 놓쳤단 말이에요. 바로 무지 때문입니다.

이런 기회는 누구에게나 있어요. 하루에 열두 번도 더 깨달음의 순간이 찾아와요. 다만 그 깨달음을 얻을 수 있는 순간들을 놓치고 있을 뿐입니다. 자기감정에 사로잡혀서 놓치고 있는 거예요.

대개 이혼이란 문제를 아주 오래 고민하고 신중하게 결정할 것 같지만, 실제로는 굉장히 어이없는 이유로 헤어지는 경우가 많아요.

어떤 부부는 서로 대화하다가 언성이 높아진 나머지 남편이 자기도 모르게 아내의 뺨을 딱 때린 거예요. 남편은 얼떨결에 그런 거라 "미안하다."고 사과했고, 아내도 "괜찮다."고 하고는 끝이 났어요. 그런데 이 사건이 이혼의 빌미가 된 거예요. 아내가 남편에 대해 서운한 감정이 남은 겁니다.

"어떻게 나한테 이럴 수가 있지."

'남자가 그 정도 가지고 어떻게 뺨을 때릴 수가 있을까.'

이 서운한 감정을 시작으로 사사건건 남편을 곱지 않게 본 거예요. 결국 이런 감정들이 쌓여서 이혼을 하고 말았어요. 그러니까 뺨을 때리기 전까지는 신랑이었다가 뺨 한 대 맞고는 원수가 된 거예요. 어때요? 이 남자는 뺨 때리기 전이나 후나 같은 남자예요, 다른 남자예요? 화내기 전이나 화내고 난 후나 같은 사람이고, 술 먹고 늦게 온 사람이나 일찍 온 사람이나 같은 사람입니다. 바람피우기 전이나 바람피우고 난 후나 같은 남자예요. 단지 그 남자를 바라보는 내 눈이, 내 마음이 달라져서 남편을 원수로 보게 된 겁니다.

이처럼 어떤 상황을 보거나 어떤 소리를 듣거나 해서 내 생각이 일어나면 세상이 달라지는 겁니다. 그래서 기뻐하기도 하고, 슬퍼하기도 하고, 괴로워하기도 하는데 그것은 다 스스로 만드는 거예요. 그래서 부처님께서는 이렇게 말씀하셨어요.

"행복도 내가 만드는 것이네. 불행도 내가 만드는 것이네. 진실로 행복과 불행, 다른 사람이 만드는 게 아니네."

제가 제일 좋아하는 경구인데, 만약 여러분이 지금 불행하다면 그것은 누가 만든 거예요? 바로 나 자신입니다. 저 인간이어야 하는데 내가 만드는 거라니까 억울하죠? 문제는 저 인간 때문에 내가 괴롭다고 생각하면 저 인간이 바뀌어야 행복해진다는 거예요. 저 인간도 어느 부모의 사랑스런 자식이기도 하고, 어느 자식의 부모

이기도 하며, 남편이기도 하고, 세상 사람이기도 하며, 세상이기도 합니다. 그런데 저 인간이 바뀔까요?

제가 하나 묻겠습니다. 여러분 자신을 바꾸기가 쉬워요, 어려워요? 어렵습니다. 자신도 못 고치면서 어떻게 저 인간을 고쳐요? 바꾸기 어려운 것을 바꿔야만 내가 행복하다고 착각하며 살기 때문에 행복할 수가 없는 거예요. 그런데 이 행복은 남편이 만드는 게 아니라 바로 내가 만드는 거예요. 그러면 나만 바꾸면 돼요. 물론 그게 쉬운 일은 아닙니다. 그래도 저 인간을 바꾸는 것보다는 누가 바뀌는 게 쉬울까요? 내가 바뀌는 게 훨씬 쉬워요. 원인의 결과가 나에게 달려 있고, 내 인생의 운명이 내 손에 쥐어져 있다는 말이에요.

그런데도 여러분은 내 운명이 하늘에 있다, 남편에게 달려 있다, 자식에게 달려 있다고 착각해서 남 타령만 합니다. 이게 종노릇 아니고 뭔가요?

더 이상 방황하지 마세요. 행복과 불행이 모두 내 손 안에 있다, 내 운명은 나에게 달려 있다. 내 마음에 있다, 이걸 안다면 종이 아닌 주인으로서 얼마든지 행복해질 수 있습니다.

관심도 지나치면 집착

결혼생활에서 서로에 대해 관심이 지나치면 괴로움의 원인이 됩니다. 관심이 서로를 속박하게 되죠. 결혼한 사람들은 혼자 사는 사람보다 더 자유로워야 하잖아요. 왜냐하면 혼자 사는 사람은 집을 비워 놓고 못 나가지만, 결혼한 사람은 상대에게 맡기고 갈 수 있어요. 새로운 일을 시도할 때 서로가 격려해 줄 수도 있고요.

그런데 여러분은 서로가 서로를 속박하며 답답해합니다. 행복하려고 결혼했는데 불행해하고, 더 자유로워야 하는데 더 속박합니다. 이것은 다른 누구도 아닌 여러분 스스로가 그렇게 만들어 가는 거예요.

남편이 아내를 끔찍이 사랑한다는 사람일수록 굉장히 위험합니다. 상대를 끔찍이 사랑하는 사람은 상대가 자기가 정해 놓은 울타리 밖으로 나가면 그냥 죽여 버려요. 이건 사랑이 아닙니다. 다시 말하면 "이 안에 있으면 내가 너한테 뭐든지 다 해주겠지만 이 밖으로 나가면 가차 없이 죽여 버릴 거야." 이런 뜻과 같아요. 자아가 아주 강한 거예요.

누군가 나를 좋다고 말하거나 적극적으로 행동하고 다가오면 조심해야 해요. '나를 미치도록 좋아하는구나.' 이렇게 착각하면 안 돼요. 이런 사람은 상대가 자신의 눈 밖에 나면 좋은 감정이 금방 증오심으로 바뀌어 버립니다. 그래서 저는 누가 나 좋다고 하면 겁이 나요. '저게 또 언제 칼 들고 올지 모른다.'고 생각하거든요.

이 말은 제 오랜 경험을 놓고 볼 때 거의 확실합니다. "스님이 너무 좋다."고 열광하는 사람치고 스님한테 실망해서 원수 안 되는 사람이 거의 없습니다. 왜 그럴까요? 자기가 좋아하는 만큼 상대도 그대로 해주길 원하는데, 자기가 원하는 만큼 상대가 못 해주니까 좋아하는 마음이 분노로 바뀌는 거예요.

집착은 의지심에서 옵니다. 집착이 강한 것은 의지심이 강하기 때문이에요. 집착은 사랑이 아니에요. 그런데 사람들은 이것을 사랑이라고 착각하고 살아가기 때문에 괴롭고 힘듭니다.

수행은 이런 의지심을 버리는 거예요. 남편에 대한 집착을 놓으려면 인생관이 바뀌어야 합니다. 남편이 돈을 얼마나 벌어오느냐, 나를 얼마나 사랑해 주느냐, 술은 얼마나 먹느냐, 집에 언제 들어오느냐 등등 남편의 일거수일투족이 나의 희로애락을 좌우하는 데서 벗어나야 합니다. 남편을 하나의 독립된 인격체로 인정하면 그 집착이 자식으로 옮아가지는 않습니다. 만약 이 집착을 그냥 놔둔 채 실망감을 감추려 남편을 외면한다면 집착하는 마음이 증폭되어 자식에게로 가게 됩니다. 그러면 나중에는 자식에게 큰 짐이 되고 부모와 자식 사이에 갈등의 원인이 돼요.

물론 남편이 돈을 많이 벌어오거나 일찍 들어오는 것을 마다하라는 말이 아닙니다. 일찍 들어오면 좋지요. 사랑해 주면 좋고 돈을 잘 벌면 더 좋습니다. 다만 거기에 집착하면 안 된다는 겁니다. 이런 형식적인 것에만 매달리게 되면 자기 인생도 불행하고, 남편은 아내의 간섭 때문에 피곤해합니다. 결국 서로가 불행해지는 거예요.

외로울 때 남자친구나 여자친구, 남편이나 아내가 있으면 서로 의지처가 되어 좋습니다. 그러나 이 관계에 너무 의지하면 서로에게 무거운 짐이 될 수 있습니다. 서로에게 도움이 되지 못할 뿐 아니라 결혼이 오히려 속박으로 느껴지는 겁니다.

외출이나 취미생활 등 자기가 하고 싶은 것이 있을 때, 아내는 늘 남편의 눈치를 봐야 합니다. 이러다 보면 결혼생활에 회의감이 들게 돼요. 다시 말하면 결혼생활, 사회생활 자체가 해탈에 장애가 되는 게 아니라 집착이 장애가 되는 겁니다. 결혼을 했다거나 직장에 다니기 때문에 속박을 받는 게 아니라 집착하고 있기 때문에, 의지하고 있기 때문에 속박을 받는 겁니다.

이럴 때는 의지하는 마음을 버리고 집착을 놓아 버려야 결혼생활, 사회생활을 하면서도 괴로움 없이 자유롭게 살 수 있습니다. 문제가 있을 때 자꾸 남 탓하고, 남에게 화살을 돌리지 마세요. 내 인생의 행복은 내가 찾아야 하고, 내가 가져야 하고, 내가 지켜야 합니다. 그리고 타인(그 사람이 아내든 남편이든 자식이든)에 대해서 이해하려는 마음과 열린 마음을 내면 내가 좋은 거예요. 타인을 이해하지 못하면 내가 답답한 거예요. 타인을 미워하면 내가 괴롭습니다.

꽃을 보고 좋아하면 기쁜데 사람을 보고 좋아하면 왜 안 기쁘겠어요. 날씨를 보면서 신경질 내면 누가 괴로워요? 내가 괴롭죠. 아내나 남편을 보고 짜증을 내면 내가 괴로운 거예요. 비는 올 때 되면 오죠? 그런데 여러분은 오늘 소풍 가기로 예정되어 있는데 비가 오면 짜증을 내잖아요. "하나님, 부처님, 오늘 소풍 가는데 비 안 오게 해주세요." 이렇게 기도했는데도 비가 오면 어때요? 기도해 봐야 소용없더라, 이러잖아요. 이게 신앙인가요?

농촌에서 모내기철에 가뭄으로 못 하고 있던 모내기를 비가 오는 날 합니까, 안 합니까? 비 맞고도 모내기 하죠? 비 맞고 일도 하는데 비 맞고 놀러 가는 게 뭐 큰일이에요? 놀러 가고 싶으면 비 맞고 가면 되지. 비 맞고 노는 게 쉬워요, 비 맞고 모내기 하는 게 쉬워요?

두 번째 방법은 비 오면 소풍을 안 가면 되잖아요. 그럼, 여러분은 이렇게 말합니다.

"차 대절해 놨는데 어떻게 안 갑니까?"

이때는 차 대절 비용 다 주고 안 간다고 하면 운전기사가 좋아해요, 싫어해요? 당연히 좋아합니다. 어차피 노는 일인데 집에서 놀면 되잖아요.

그런데 이런 문제 갖고도 막 짜증을 낸단 말이에요. 꼭 가야 하면 비 오는 날 간다고 그게 뭐 그리 힘들어요? 또 굳이 비 맞고까지 갈 일이 아니면 안 가면 되잖아요. 그런데 모내기는 비 온다고 안 하면 안 되잖아요. 그래서 비 맞고도 심는 거예요. 노는 거야 뭐 안 놀아도 되잖아요. 어떤 사람은 노래방 가서 기계가 안 좋다고도 신경질을 냅니다. 노래 안 부르면 되잖아요? 안 부른다고 사람이 죽을 일도 아닌데 그 정도의 일에도 짜증을 냅니다. 그게 다 집착이라는 거예요. '뭘 하기로 했으면 꼭 해야 된다.'는 집착 때문에 그래요.

한걸음만 물러나서 바라보면 아무것도 아닌 걸 가지고 죽기 살기로 매달려서 원망하고 괴로워합니다. '이것이 아니면 안 된다.'는 고집스러운 마음, 바로 집착에서 괴로움이 생긴다는 사실을 알아야 해요.

독재자형 소통에서 벗어나기

"남편이 저를 사랑하는 것 같지 않습니다."

"질문자는 어떤 것이 사랑이라고 생각해요?"

"따뜻하게 제 말을 들어주는 것이 어려운 일이라고는 생각하지 않습니다. 그런데 제 말을 안 들어줍니다."

어느 직장인 여성의 하소연입니다. 집과 회사를 오가면 오직 가족만 생각하며 살고 있는데 남편과 아이들이 자신의 사랑을 집착이라 하고, 상처주는 말을 쏟아내어 괴롭다고 했습니다.

"옛날에는 제가 해 주는 것을 좋아하고 제 말을 잘 따라주던 가족들이 이제는 말도 안 듣고 귀찮아하며 간섭하지 말라고 합니다."

물론 그럴 때는 서운한 마음이 들겠지만, 남편이나 아이가 자기 얘기를 다 들어주어야 한다고 생각하는 것은 독재자의 사고방식입니다. 민주주의형 소통은 상대가 내 말을 들어주는 게 아니라, 내가 상대의 말을 들어주는 것입니다. 소통을 잘하는 지도자가 되려면 내가 말을 하기보다는 국민의 말을 잘 들어야 합니다. 나의 말이나 설명은 짧게 하고, 다른 사람의 말을 많이 들어야 민심을 알 수 있습니다. 이것이 소통입니다.

그리고 사람이든 사물이든 모든 것은 조금씩 변한다는 사실을 알아야 해요. 어느 시점에는 급격하게 변할 때도 있고, 어느 시점에 거의 안 변하는 것처럼 느껴질 수도 있지만 계속 변하고 있습니다. 우리가 얼음을 녹일 때 $-20°$ 되는 얼음을 녹이면 $0°$가 될 때까지 얼음이 그대로 있습니다. 불을 계속 때도 얼음은 그대로 있다가 어느 순간에 녹기 시작하죠. 이렇게 상태는 변화합니다. 변화는 하는데 변화가 일정하게 일어나는 게 아니고, 어느 순간에 급격한 변화가 올 때도 있고, 전혀 변하지 않는 것처럼 보일 때도 있어요. 변화는 일어나는데 드러나는 현상은 그렇게 보이는 겁니다.

그런 것처럼 사람도 변한다는 거예요. 연애할 때 좋아한다며 결혼하자고 따라다닐 때 남자와, 결혼하고 난 후 남자는 다른 남자예요. 그런데 같은 남자라고 생각하기 때문에 갈등이 생기는 겁니다. 이를테면 연애할 때 "아프다."고 하면 약을 사다 주던 남편이 지금은 "아프면 병원에 가라."고만 하니 서운해지지요. 남편에게 서운한 마음을 갖는 것은 남편으로부터 약간의 관심을 받고 싶어 어리광을 부리고 있다는 것을 말합니다. 남편이 볼 때는 어린아이가 어리광을 피우면 귀여운데 다 큰 성인이 어리광을 피우니까 퉁명스럽게 대답을 하는 거예요. 그건 남편이 사랑하는 마음이 없어서 생긴 문제가 아니라 성인인 아내가 어린아이 같은 짓을 하고 있기 때문에 생긴 문제입니다.

같이 살다 보면 가만히 놔둬도 바뀌고, 옆에 있는 사람과 주고받으면서 계속 바뀌는 거예요. 이렇게 바뀌는 것을 모르고 뭐든지 자기 식대로 하려 하면 문제가 생겨요. 내가 아프다고 하면 남편이 약을 사다 줘야한다는 것은 내가 말하면 너는 그걸 다 들어줘야 한다는 마음이 깔려 있는 거예요.

"내가 먹으라 하면 너는 먹어야 하고, 내가 입으라 하면 너는 입어야 한다."

완전히 독재자형이에요. 아무리 열심히 해도 독재를 하면 다 싫어합니다.

아이도 마찬가지입니다. 갓난아기가 태어나서 한 살, 두 살, 세 살까지는 누군가의 도움이 많이 필요합니다. 밥도 먹여주고 똥오줌도 갈아주고 무엇이든 다 해 줘야 해요. 이때는 따뜻한 보살핌이 사랑이에요. 그 다음에는 갈수록 도움을 받아야 하는 비율이 적어져요. 사춘기가 되면 대부분의 아이들은 이제 어른이 되려고 합니다. 무엇이든 자기가 하려고 해요. 그래서 엄마가 어디를 같이 가자고 하면 귀찮아 합니다. 하지만 엄마는 어릴 때부터 계속 돌봤기 때문에 그게 습관이 되어서 애한테 뭐든지 해주려고 합니다. 사춘기가 되면 아이들은 엄마와 아빠의 말을 안 듣고 반론을 제기합니다. 아이가 엄마 말을 안 듣는 것이 꼭 나쁜 것만은 아닙니다. 이런 모습을 보면 '우리 아이가 어른이 되어 가는구나.', '우리 아이가 정상적으로 잘 크고 있구나.' 이렇게 생각해야 합니다. 도움을 요청하면 도와주지만 요청하기 전에는 가능하면 자기가 하도록 해야 합니다. 아이한테 뭘 계속해주는 것이 사랑이 아니에요. 그것은 집착이고 습관입니다.

남편이나 아이들이 "여보 이것 좀 해 줘요.", "엄마 이것 좀 해 주세요." 하고 요청하는 것 외에는 일절 하지 말아 보세요. 아이가 "엄마, 배고픈데 밥 좀 줘." 하면 나가서 밥을 차려주세요. 안 먹겠다는데 억지로 먹이려니까 고맙기는커녕 자신을 괴롭힌다고 생각하는 거예요. 지금까지는 일종의 과잉 친절을 하고 있었음을 스스로 알아야 합니다. 자기 고생을 자기가 사서 하는 겁니다. 남편이나 아이가 자기를 괴롭히는 게 아닙니다. 뭐를 해 달라고 하기 전에는 먼저 나서서 뭘 해주거나 먼저 말을 하면서 들어달라고 요구하지 말라는 겁니다.

내가 원하지도 않는데 누가 나를 좋다고 따라다니면 옛날에는 '사랑'이라고 표현했는데, 요즘은 '스토킹'이라고 합니다. 원하지 않는데 자꾸 가서 뭐라 말하고, 무엇을 먹으라고 하는 것은 애들하고 남편한테 스토킹을 하는 것과 같습니다. 옛날에는 할머니 집에 갔을 때 밥과 반찬을 많이 떠주면서 "많이 먹어라." 하면 그것을 할머니의 사랑이라고 표현했는데, 요즘 젊은이들은 그것을 사랑이라고 느끼지 않습니다. 귀찮다고 생각해서 안 가려고 합니다. 시대가 바뀐 거예요.

남편이나 아이가 내 말을 들어주는 것을 소통이라고 한다면 그것은 독재자형 소통이에요. 앞으로는 내가 상대의 말을 들어주는 민주주의형 소통을 해야 합니다. 이렇게 한번 살아보면 말을 안 들어준다는 고민이 좀 해결될 겁니다.

결혼은 구속이 아니다

"스님, 저도 바랑이나 탁 메고 스님 다니는 데로 원없이 따라다 녔으면 좋겠습니다."

"그래요? 그럼, 지금 같이 갑시다. 좋은데 왜 못해요?"

"아직 의식주 문제를 해결하지 못했어요."

"지금 나이가 몇인데 아직도 먹고 자고 입는 것을 해결 못했어 요?"

"아이고, 마누라가 있어서요."라고 말하는 사람도 있습니다.

이 말은 마누라가 내가 행복으로 가는 길, 자유로 가는 길을 막 고 있다, 이 말 아니에요? 그러면 마누라가 철천지원수 아닙니까? 이것은 아내에 대한 굉장한 비난이고 욕입니다. 또 이렇게 말하기 도 합니다.

"아이고, 아이들이 있어서요."

이 말은 아이들이 자유와 행복으로 가는 길을 막고 있다는 거 아니에요?

"저는 가족이 있어 점점 더 자유로워지고 있습니다."

이렇게 말을 해야 아내가, 남편이, 자식이, 부모가 내 삶을 더 행복하고 자유롭게 만드는 사람이 되지 않겠어요?

그런데 대부분의 사람들은 제 부모가 행복을 해치는 자고, 제 자식도 행복을 해치는 자고, 제 배우자도 자기의 자유를 속박하는 자라고 생각합니다.

이것은 좀 되돌아봐야 합니다. 여러분이 행복하려고 결혼했지 불행하려고 결혼한 게 아니잖아요. 더 자유롭고 싶어서 결혼한 것이지 속박 받으려고 결혼한 게 아니잖아요. 더 행복하려고 자식을 낳았지 불행하려고 낳은 게 아니잖아요. 제가 들어 보면 얼토당토 않은 얘기입니다. 돈이 없어서 불행한 것도 아니고, 지위가 낮아서 불행한 것도 아니고, 자기 가족을 불행의 근원으로 보고 있기 때문에 불행할 수밖에 없는 겁니다.

'혼자 산다면 여러 가지 어려움이 있었을 텐데 아내가 있고, 남편이 있어서 더 행복하고 더 자유로워졌다, 부부만 산다면 어려움이 있었을 텐데 아이들이 있어서 더 자유롭고 행복해졌다, 우리 둘만 있다면 더 어려웠을 텐데 부모님이 계셔서 삶이 더 행복해졌다.' 이렇게 생각해야 하는 거 아니에요?

제가 여러분에게 "너무 살기가 힘들어요. 혼자 살려니까 외로워 죽겠어요. 술도 한 번 못 먹어 보죠, 고기도 못 먹죠, 요즘같이 좋은 세상에 연애도 한번 못 해보죠, 요즘 다 늦잠 자는데 꼭두새벽에 일어나 예불해야죠." 이렇게 불평불만을 늘어놓는다면 여러분이 뭐라고 그러겠어요? "아이고, 스님 참 힘드시겠습니다." 이렇게 동정합니까? 속으로 '미쳤다.'고 생각하겠죠. 그리고 자꾸 더 하소연하면 뭐라 그래요? "그러면 스님 노릇하지 마세요." 이럴 거 아니에요? 그러면 제가 "40년 동안 이것밖에 한 게 없는데 지금 그만두면 난 뭐 해요?" 이렇게 말한다면 어떻겠어요?

여러분이 지금 딱 그렇단 말이에요. 결혼을 해 놓고는, "남편 때문에 죽겠습니다, 아내 때문에 죽겠습니다." 자식을 낳아 놓고는 "애 때문에 죽겠습니다." 부모에게 은혜를 입어 놓고는 "부모 때문에 힘듭니다." 자꾸 이런 이야기를 합니다. 그러면 제가 뭐라 그러겠어요?

"그냥 헤어져라."

이럴 거 아니에요. 제 대답은 굉장히 간단한 거예요. 그러면 여러분은 또 뭐라 그러냐 하면

"아이고, 30년이나 살았는데 지금 헤어지면 어떡해요, 애도 있는데."

이런 소리를 합니다. 그 말에 질문자의 마음이 들어있는 거예요.

어떤 분이 제게 물었어요.

"스님, 어떻게 온갖 질문에도 그렇게 척척 대답을 잘하십니까?"

제가 하긴 뭘 해요. 본인들이 답을 다 말하고 있는데요. 질문 속에 대답이 있는 거예요.

"못 살겠습니다."

"그만 사세요."

"남편과 날마다 싸우는데 전생에 남편과 제가 무슨 관계였는지 모르겠어요."

"원수지간이요."

간단하지요? 질문자의 말 가운데 대답이 다 들어 있고, 저는 그 마음을 이야기해 줄 뿐이에요.

셋

사 랑 에 도
연 습 이
필 요 하 다

작은 상처에 주의하라

'안개 속에 있으면 옷 젖는 줄 모른다.'는 말이 있습니다. 남녀가 대단한 문제 때문에 헤어지는 것 같지만, 안개비 속에 한참 있으면 옷이 젖듯 아주 작은 사건들이 모여 결국 헤어지게 됩니다. 둑이 무너지는 것은 아주 작은 구멍에서 시작됩니다. 남녀의 헤어짐도 어쩌다가 화를 한 번 냈다든지, 생각 없이 말했는데 그게 상처가 됐다든지, 어쨌든 방심한 끝에 벌어지는 일이에요. 별것 아니고 사소한 일들이라 말하고 행동한 사람도 기억하지 못할 정도입니다.

그런데 이런 것들이 오래 쌓이다 보면 서로에게 상처가 되어 풀기 힘들어집니다. 사실 워낙 작은 일들이라 꺼내 놓고 말하기도 어려워요.

"뭘, 그런 것 가지고 그래. 속이 좁기는…"

상대가 이런 식으로 받아들일 것 같기 때문에 꺼내 놓고 풀기가 힘든 겁니다. 하지만 이런 것들이 쌓여서 잠재된 불만의 원인이 되는 거예요.

두 사람이 결혼해서 함께 산다는 것은 혼자 살 때와는 아주 다릅니다. 혼자일 때처럼 자기 편한 대로만 한다면 반드시 문제가 생겨요. 그래서 결혼을 결심했다면 혼자일 때와 달라지는 생활을 잘 받아들이면서 몇 가지 주의해야 할 것들이 있습니다.

첫째는 내가 남편을 좋아한다, 아내를 좋아한다고 할 때 좋아하는 것은 내 자유고 내 권리입니다. 내가 좋아하고 사랑하니까 당신도 나를 좋아하고 사랑해라, 이렇게 강요해서는 안 됩니다. 우리는 보통 '내가 널 사랑하니까 너도 나를 사랑해야 한다.'고 당연하게 생각합니다. 그러나 이것은 잘못된 생각입니다. 사랑할 권리는 있지만 그 대가로 사랑을 요구할 권리는 없어요.

사랑받을 권리가 있다고 착각하기 때문에 결혼생활이 원만하지 못한 겁니다. 단지 내가 사랑할 뿐이에요. 상대가 나를 사랑하는 것은 그 사람의 몫이지, 내가 요구할 수 있는 게 아닙니다. 다만 그를 좋아하고 사랑하니 내가 행복할 뿐인 거예요. 내가 사랑한 만큼 너도 나를 사랑해라, 이렇게 요구한다면 이것은 사랑이 아니라 거래입니다. 즉 장사란 얘기예요.

사회에서는 사람들이 만나 장사를 하고 거래를 하지만 부부지간에는 장사를 하거나, 이해득실을 따져서는 안 됩니다. 그래야 비로소 진정한 부부가 됩니다.

공동체 중에 제일 작은 공동체가 가족공동체입니다. 그리고 공동체에서는 이해관계, 즉 이익과 손해를 따지지 않아요. 서로가 남남일 때는 내가 손해가 나면 안 만나면 됩니다. 그러나 부부가 된 다음에는 손해와 이익을 따져서는 안 돼요. 만약 아내가 아파 평생 누워 있게 되면 죽을 때까지 보살펴야 합니다. 남편이 다쳐서 평생 일을 못 해도 변함없이 보살펴야 합니다. 자식을 낳았는데 신체장애라면 평생 보살펴야 해요. 부모가 앓아 누워 계시면 자식은 평생 보살펴야 합니다. 이게 공동체라는 거예요.

공동체는 서로가 서로를 돕는 상부상조, 공리공생의 관계예요. 그 가운데서도 공리공생의 관계가 가장 두터운 게 가족공동체입니다. 사회공동체로 가면 그 밀도가 조금 떨어지고, 국가공동체로 가면 조금 더 떨어지고, 인류공동체로 가면 그보다 조금 더 떨어지겠죠.

두 사람이 가족공동체를 이루는 것은 새로운 세계를 만드는 겁니다. 지금까지 없었던 새로운 세상을 둘이 힘을 합쳐 만드는 거예요. 사랑으로 만난 사람들이기 때문에 쉽게 이룰 것 같죠? 그런데 결코 쉽지가 않습니다. 서로 다르기 때문이에요.

가령 음식을 같이 먹어도 한 사람은 짜다고 하고, 한 사람은 싱겁

다고 합니다. 한 사람은 맵다 하고, 한 사람은 안 맵다 해요. 한 사람은 볶아 먹자 하고, 한 사람은 구워 먹자고 합니다. 이처럼 작은 일부터 부딪칩니다. 한두 가지가 아니에요. 이미 서로 사랑해서 만났기 때문에 큰 문제로 싸울 일은 거의 없습니다. 큰 문제가 생기면 오히려 힘을 합해서 대응을 해요. 이건 누가 교육을 안 시켜도 저절로 됩니다.

그런데 아주 작은 일에서 사사건건 부딪칩니다. 그래서 사소하고 약한 펀치를 자꾸 주고받게 되는데, 처음에는 사랑으로 받아들입니다. 이것이 1년, 2년 지나면 어떻게 될까요? 작은 펀치도 계속 맞으면 스트레스를 받게 되고, 상처가 됩니다. 그래서 못 살겠다고 하는 지경까지 이르게 돼요. 그렇지만 아직 이 정도로 안 살 수는 없겠지요?

처음에는 큰 사건이 생기면 둘이 힘을 합했어요. 그런데 작은 펀치를 자주 맞아서 상처를 입게 되면, 외부에서 큰 사건이 생겼을 때 힘을 합쳐 대응을 안 하고 소위 내부 분열이 일어납니다. 그러다가 이혼을 하는 거예요. 누가 봐도 헤어질 만한 사건이 생겨야 이혼하는 거라고 생각하지만 실제로는 하나의 사건만으로 헤어지는 건 절대 아닙니다.

둘이 뜻이 맞을 때는 사건이 생겨도 그 일이 부부를 단결시켜 줍니다. 그런데 두 사람의 마음이 틀어져 있을 때는 이 사건이 핑곗거리가 되는 거예요. 평계를 못 찾고 있다가 이 사건이 결정적 계기가 됩니다. 그래서 결혼생활에서 주의해야 할 것은 아주 작은 사건들이에요. 이러한 작은 갈등과 충돌을 피하려면 수행을 해야 합니다. 수행을 통해 호흡을 살펴보면서 마음에 일어나는 작은 느낌을 바라보면 자기 마음속에 있는 미세한 불만, 부주의 등을 알아차리고 관찰할 수 있게 됩니다.

그러면 자신도 모르게 쌓이는 작은 스트레스를 미리 막을 수가 있어요. 내 속에 쌓인 스트레스도 통제할 수 있을 뿐만 아니라, 내가 상대에게 거의 무의식적으로 저지르는 작은 실수도 알아차릴 수가 있습니다.

그러나 우리 대부분은 방심하고, 무지한 상태에서 습관적으로 살아갑니다. 그렇기 때문에 상대가 어떤 것들에 스트레스를 받는지 부부 사이에도 잘 알지 못해요. 그래서 아내의 입에서 헤어지자는 말이 나오는 지경까지 왔는데도 남편은 아내의 마음을 도저히 이해하지 못하는 거예요.

'어떻게 이런 극단적인 생각까지 하게 됐을까?'

'왜 진작 얘기하지 않았을까?'

'이 정도로 심각했으면 미리 얘기하지, 왜 이제야 얘기할까?'

너무 작은 일들이라 표현하기도 어려웠던 거예요. 그래서 당한 사람은 얘기하지 못하고, 상처를 준 사람은 상처를 주었는지조차 알지 못합니다. 이것이 조금씩 지속적으로 쌓여 결국 되돌릴 수 없을 만큼 골이 깊어져 버리는 거예요.

따라서 남녀가 함께 살려면 상대에게 작은 상처라도 주는 것이 없는지 늘 주의를 기울여야 합니다.

사랑하는 사이에 더 쉽게 상처 받는다

결혼하면 '저 사람은 내 거다.' 하는 의식이 자기도 모르게 생깁니다. 이러한 생각이 무의식적으로 표출되면서 상대를 함부로 대하게 되는 거죠. 게다가 서로 사랑해서 결혼한 사람들은 상대의 작은 말과 행동 하나하나에 대단히 민감하게 반응합니다. 자신이 좋아하는 만큼 상대가 자신을 좋아해 주지 않으면 쉽게 상처를 받아요. 그리고 상대의 말과 행동에서 '나를 좋아한다, 싫어한다'라는 증거를 끊임없이 찾아내려고 합니다. 그래서 상대가 자신에게 조금이라도 소홀하다 싶으면 굉장히 우울해하고 의기소침해합니다. 이 때문에 자칫 같이 사는 게 지옥이 될 수 있어요. 사소한 감정싸움이 깊어지면 결국은 혼자 사는 것보다 못하다는 생각에 이르게 됩니다.

'아이고, 혼자 살걸. 괜히 결혼했다.'

이런 생각이 드는 거예요. 이런 상태가 더 깊어지면 어떨까요?

'이제 더는 못 살겠다.'

'죽었으면 죽었지 더 이상 같이 못 살겠다.'

이렇게 점점 극단적으로 변해 갑니다. 서로 좋아한다는 사람들 사이에서 일어나는 미묘한 마음의 작용을 지켜보면, 수행해서 늘 스스로를 점검하지 않으면 같이 살기 참 어렵겠다는 생각이 듭니다.

이런 까닭에 결혼한 사람은 늘 자기를 돌아봐야 합니다. 자기 속에 쌓여 있는 스트레스를 살펴야 해요. 그리고 항상 자신의 말과 행동을 돌아보고, 상대가 상처 입지 않도록 연습해야 합니다.

가령 아내가 귀여워서 또는 남편이 사랑스러워서 "여보!" 하고 손을 잡거나 어깨에 손을 얹거나 머리를 만질 때가 있습니다. 이때 상대가 무의식적으로, 또는 기분이 안 좋은 상태여서 무심코 손을 뿌리치면 받아들이는 사람의 기분은 어떨까요? 단순히 생각하면 별것 아니지만, 마음속에 뭔가 아주 따끔하게 거부당한 기분을 느끼게 됩니다. 이처럼 사소하게 엇갈린 감정들이 지속적으로 쌓이면 '저 사람이 나를 싫어하는구나!' 이렇게 받아들이게 되면서 갈등이 시작됩니다. 때문에 감정이 일어날 때 주의해야 합니다.

그래서 마음을 살피는 공부가 필요한 거예요. 결혼을 안 한 사람들은 수행을 좀 안 해도 괜찮아요. 왜냐하면 상대에게 피해를 주는 게 적기 때문이에요. 특히 자식이나 배우자처럼 가까운 사람에게 피해를 주거나 상처 줄 일은 없지요.

흔히 생각할 때는 스님들이 더 수행을 해야 하고 속세에 사는 사람들은 안 해도 될 것 같은데, 그렇지 않습니다. 오히려 스님들은 덜 해도 괜찮아요. 우선 가까운 사람과 민감하게 부딪칠 일이 별로 없고, 또 가족이 없기 때문에 피해를 주고받을 일도 없으니까요.

그런데 결혼하면 남편과 아내는 매일 한집에서, 한방에서 부대끼며 살아야 합니다. 감정적으로 상대에 대해 민감하기 때문에 상처 입기가 훨씬 쉬워요. 게다가 두 사람이 갈등이 있는 상태에서 자식이라도 생긴다면, 자식한테 주는 피해는 엄청납니다. 아이는 연약하기 때문에 부모의 상황에 고스란히 영향을 받습니다. 불안과 초조, 분노와 갈등의 감정이 아이에게 그대로 전해지는 거예요. 이것이 어른이 된 후까지 영향을 미칩니다.

이런 사람에게 마음공부를 가르쳐 보면 압니다. 중심 잡고 일관되게 못 나가고 계속 넘어지고, 자빠지고 우왕좌왕합니다. 이게 전부 어릴 때 부모로부터 받은 업 때문이에요. 실제로 요즘 심성이 건강한 사람이 드뭅니다. 이 때문에 깨달은 사람이 나오기가 좀 어려워요. 신심이 바닥에 탁 깔려 있어야 하는데 이런 젊은이가 별로 없어요. 대체로 부모가 불화를 겪고 있는 환경에서 자랐기 때문이에요. 그래서 재주는 있을지 몰라도 심성이 듬직한 사람이 나오기 어려운 거예요.

심성이 건강한 사람이 나오려면 애를 키울 때 부모의 마음이 안

정되어 있어야 해요. 경제적으로 부유한지 가난한지는 별 상관이 없어요. 그러니까 스스로 자신을 돌아봤을 때 자기 업에 자기가 못 견디고, 마음 준비가 덜 됐다 싶으면 결혼할 생각을 하지 않는 게 좋아요. 그나마 자기 조절이 조금 된다 싶으면 결혼은 해도 좋지만 자식은 안 낳는 게 낫습니다.

만약 자식을 낳으려면 정말 그 아이를 위해서 노력해야 합니다. 아이가 건강하게 자라서 행복해질 수 있도록 돕는 게 부모의 의무예요. 그렇지 않으면 장난감을 가지고 놀든지 강아지를 키우며 놀면 돼요. 남들 다 한다고 아무 생각 없이 자식을 낳아서 불행을 안겨 주어서는 안 됩니다.

결혼은 상대를 사랑하는 마음만으로 시작할 수 있는 게 아니에요. 철저하게 상대를 책임지려는 자세, 자식을 책임지겠다는 마음가짐을 가져야 결혼할 준비가 되었다고 할 수 있습니다.

성격이 다른 사람끼리 사는 법

연애할 때 손꼽는 조건 중에 하나가 성격이에요. 그리고 헤어질 때 1순위로 내세우는 것이 성격 차이예요. 그만큼 남녀가 함께 살면서 크게 부딪치는 이유 중 하나가 바로 성격 차이입니다.

남편의 성격은 아주 급한데, 좀 느릿한 성격의 아내와 살면 어떨까요? 성격이 급한 남편은 매사 느린 아내를 보면서 짜증과 화가 날 테고, 성격이 느긋한 아내는 사사건건 불뚝 성질을 부리는 남편이 못마땅하고 불안할 거예요.

이처럼 성격이 맞지 않아서 다툼이 잦은 가정이 있었어요. 큰소리가 끊이지 않다 보니 아이들도 불안해했어요. 아내는 남편에게 맞서지 말아야지 하는데, 그게 잘 안 된다고 제게 하소연을 했습니다. 남편이 화를 안 내고 자기 말을 잘 따라 주었으면 좋겠는데 자꾸 엇나간다는 거예요. 그러면서도 자기는 남편의 말을 따르기는

싫다는 거예요.

인생에는 두 가지 길이 있습니다.

첫째는 제 성질대로 사는 거예요. 제 성질대로 살아도 아무 문제가 없어요. 그러나 이렇게 살면, 즉 자기 카르마(업)대로 살면 반드시 과보가 따릅니다. 콩 심으면 콩 나고, 팥 심으면 팥 나듯이 과보가 따라요.

성질 급한 사람은 아내가 동조를 잘 안 해주면, 나이 들어서 실핏줄이 터지든지 뭐가 터져서 드러눕게 됩니다. 그럼, 한 10년쯤 남편의 똥오줌 받아내는 일을 해야 될 거예요. 성질대로 살다 남편으로부터 과보를 받는 겁니다.

두 번째는 부부가 서로 맞춰가며 사는 겁니다. 그러지 못 하고 자주 갈등을 일으키면 자식들에게 심리불안이 나타납니다. 그래서 아이들이 성장할수록 큰 골칫거리가 돼요. 남편 골치 아픈 것의 한 열 배쯤 심각하게 나타납니다.

그러니까 이 두 가지 과보를 각오해야 해요. 물론 남편과 헤어져버리면 남편의 병치레는 책임지지 않아도 되지만, 자식은 그것과는 관계없이 과보를 받게 됩니다. 이미 씨가 뿌려졌기 때문에 피할 수가 없어요.

물론 성질대로 살아도 안 될 것은 없습니다. "길 가다가 좋은 물건을 보았다. 돈은 없는데 갖고 싶다." 이때 가져도 되고, 먹고 싶으면 먹어도 괜찮아요. 대신 절도범으로 감옥 가서 몇 년 살면 돼요. 인연을 지었으면 과보를 받는다는 얘기입니다. 과보를 받기 싫다면, 그런 인연을 짓지 말아야 해요. 그럼, 과보를 안 받으려면 어떻게 해야 할까요? 맞춰 줘야 합니다.

남편의 성격이 급하다고 했는데, 성격 급한 것이 좋은 점도 많이 있어요. 성격 급한 사람치고 사기 치는 사람 봤어요? 성질이 더러운데 어떻게 사기를 쳐요? 누가 사기를 당하겠어요? 성격이 급한 사람은 절대 사기를 못 칩니다. 그래서 성질 급한 사람은 친구로 사귀어도 괜찮아요. 그 속을 그냥 드러내 놓기 때문에 속을 다 알 수 있어요. 그런데 점잔 빼는 사람은 속을 알기 어려워요. 또 사기꾼이 친절합니까, 불친절합니까? 굉장히 친절합니다. 사기꾼이 잘생겼어요, 못생겼어요? 잘생겼습니다. 사무실에 가 보면 잘 차려 놨어요. 차도 좋은 거 타고 다녀요.

반대로 인물도 못나고 성질도 급하고 트럭 몰고 다니는 사람이 사기 치는 거 봤어요? 흔히 성질 급한 남편을 나쁘다고 하는데 반드시 그렇지만은 않습니다. 옆에서 약간만 성질을 맞춰 주면 아주 괜찮은 사람이에요. 이런 사람이 큰소리를 칠 때는 그냥 맞춰 주면 돼요. 방법은 "네, 알았어요." 하고 큰소리가 나지 않게 하는 거예요.

지금 자기 성질대로 살려는 것은 제 무덤을 파는 거예요. 제 성질대로 살다 늙어서 과보를 받으면 자기만 손해예요. 그러니까 "알겠습니다." 하고 맞춰 주는 게 나아요. 그냥 소리를 낮추면 됩니다. 특히 남편이 나와 관계된 일이 아니라 다른 일로 화를 낼 때 더 맞춰 주세요. 그리고 나중에 성질이 가라앉을 때 조용히 가서 "여보, 아까 왜 그랬어요?" 하고 콱 쥐어박아 버리세요. 성질이 올라올 때 건드리면 나만 손해란 말이에요. 그러니까 쥐어박더라도 성질이 가라앉았을 때 쥐어박아야 해요.

사실 쥐어박을 가치도 없습니다. 그 사람 성질인데 어쩌겠어요. 그냥 성격일 뿐이에요. 무거운 돌멩이가 밑으로 떨어지는 것이 성질이듯, 화가 벌컥 나는 게 그 사람의 카르마예요. 그걸 내가 고칠 수는 없어요. 나도 내 성질을 못 고치는데 남의 성질을 어떻게 고치겠어요? 또 상대가 고집이 센데, 그 센 고집을 꺾으려는 나는 얼마나 고집이 센지를 알아야 해요. 그러니까 함께 살려면 맞춰 주는 것이 제일 좋은 방법이에요.

그런데 왜 남편 성질을 맞춰 주기가 싫을까요? '당신이 돈이라도 잘 벌면 맞춰 주겠는데 돈도 못 버는데 성질까지 부린다.'고 생각하기 때문이에요. 이렇게 생각하면 나만 피곤해지고 문제도 해결되지 않습니다.

"네, 알겠습니다." 하고 맞춰 주세요. 쉽죠? 이게 자신과 자식을 위해서도 가장 좋은 방법입니다.

외도로 생긴 우울증 털어내기

"제1의 화살을 맞을지언정 제2의 화살은 맞지 마라."

부처님이 하신 말씀입니다. 고통을 주는 제1의 화살을 맞은 뒤, 그 고통을 되새김질해서 제2의 화살을 스스로에게 쏘지 말라는 거예요.

남편이 한 번 외도한 것이 제1의 화살이라면, 아내가 매일 고통을 되새김질하는 것이 제2, 제3의 화살입니다. 스스로에게 화살을 쏘며 자신을 해치는 것이지요. 부부가 살면서 가장 크게 겪는 위기는 배우자의 외도에서 비롯됩니다. 결혼할 때, "당신만을 사랑하겠다."고 철석같이 약속하지요? 그렇지만 살다 보면 수많은 부부가 배우자가 아닌 다른 사람과 사랑에 빠져서 갈등을 겪습니다. 그리고 상대가 거짓 약속을 했다며 분하게 여깁니다.

"어떻게 나한테 이럴 수가 있을까요?"

한 여성이 찾아와서 남편이 바람을 피운다며 분을 삭이지 못했습니다.

"살다 보면 다른 사람을 쳐다볼 수도 있지요."

"결혼할 때 나만 사랑한다고 했단 말이에요."

"그럼, 결혼할 때 그렇게 말해야지 어떻게 딴말을 해요. "난 당신하고 결혼하고 나서 나중에 바람피울 거야." 이렇게 말하면 결혼이 되겠어요?"

"그럼, 거짓말을 한 거잖아요?"

"거짓말을 한 게 아니에요. 그때는 그런 생각이었지만 살다 보니 생각이 바뀐 것일 뿐이에요. 사람의 생각은 수시로 바뀌는데, 내일 마음이 어떻게 변할지, 몇 년 동안 어떻게 변해 갈지 모르는 거잖아요. 사람의 생각이 바뀐다는 걸 알고 결혼했어야지, 바뀌는 존재를 안 바뀐다고 착각하고 했으니까 문제가 생기는 거예요."

이 경우에서 알 수 있듯이 처음 약속, 첫 마음에 집착하며 결혼 생활을 하면 괴로움을 피하기가 어렵습니다. 남편이 자신만 바라보겠다는 약속을 어기고 한눈을 팔았다는 사실에 아내는 큰 상처를 입고 그 배신감에서 헤어나지 못하기 때문이에요.

또 다른 경우 주말 부부로 지내다 남편이 외도했다는 사실을 알고 상처 입은 부인이 있었어요. 당시 임신한 상태였는데 그 사실을 알고 우울증까지 생겨서 남편도 가정에 충실하고자 애썼어요. 그래서 부인도 마음을 잡으려고 노력했지만, '남편과 잘 지내고 싶은 마음'과 '나에게 어떻게 한 사람인데' 하는 두 마음 사이에서 괴롭다는 거예요.

이럴 때는 길게 고민하지 말고 빨리 선택을 해야 합니다. 안 살려면 지금 빨리 헤어져야 해요. 이런 상태로 시간을 끌면 끌수록 가장 먼저 자기 인생이 피곤해지고, 그 다음으로는 자녀에게 좋지 않아요. 내 인생이 피곤한 것은 내가 책임지면 되지만 아직 어린 자녀에게 나쁜 영향을 미치는 건 큰 죄가 됩니다.

아이들은 부모로부터 사랑받고 보호받을 권리를 갖고 태어났어요. 그런데 부모가 자기의 어떤 견해와 생각에 집착해서 아이들의 권리를 무참히 짓밟는 것은 굉장히 나쁜 태도예요. 그러면 나중에 자식 때문에 엄청나게 고통을 당하는 과보를 받게 됩니다.

만약 남편과 살려면 어떻게 해야 할까요? 미워하면서 살면 누구 손해예요? 내가 손해예요. "저 짐승 같은 인간!" 이러고 살면 내가 계속 짐승하고 한 이불 안에서 살아야 하는 겁니다. 그리고 내 아이의 아버지가 짐승이 되는 거예요. 그러니 애가 잘될 수가 없어요.

남편이 외도했다는 사실 때문에 자기 몸에 손대는 걸 싫어하면서도 부부니까 마지못해 관계를 맺고 살면 유방암이나 자궁암에 걸릴 확률이 그렇지 않은 사람보다 열 배 이상 높아요. 결국 지금 남편을 미워하는 만큼 자기 자신을 해치고 있는 거예요.

아기를 가진 상황에서 이런 일이 벌어졌다고 했는데, 이런 경우에는 차라리 외도 사실을 모르는 게 제일 좋은데, 알아 버린 게 병이 된 거예요. 그럴 때는 기본적으로 남편의 마음을 이해해 주는 게 좋아요.

'내가 아기를 가지고 있을 때 당신에게 그런 일이 있었구나!'

이렇게 이해해 주는 마음을 내면 오히려 자기가 편안해져요. 남편에 대한 알레르기 반응을 일으키면 내 건강을 해치게 되지만, 반대로 남편이 좋은 사람이라고 생각하면 아이도 건강하게 잘 자랄 수 있어요. 아버지가 좋은 사람이니까요.

만약 살다가 이런 경험을 하게 된다면 이때는 남편에게 오히려 참회를 하세요.

'남편이 내게 참회해도 받아 줄까 말까 한데 왜 내가 참회해야 하지?'

이것은 어리석은 생각이에요. 남편을 위해서가 아니라 나를 위해서, 지금의 상태에서 어떻게 행복해질 건가를 생각하라는 말이에요.

용서해 준다는 생각마저도 완전하지가 않아요. 놔 버려야 합니다. 완전히 딱 놔 버려야 해요. 남편의 지난 잘못을 약점으로 쥐고 있으면 약점을 이용하고자 하는 마음이 생깁니다. 그러다 보면 항상 저항이 따라요. 이걸 딱 놓아 버리면 어때요? 남편은 자기 약점을 알기 때문에 아내에게 잘해요. 남편이 잘하려고 하는 걸 보고 오히려 불쌍히 여겨야 해요.

'아이고, 자기가 잘못한 줄 알고 잘하려 하는 게 안 되었구나. 그 정도에 너무 기죽어 살지 마라. 괜찮아, 남자가 기 좀 펴고 살아야지.'

이렇게 격려하는 마음을 내는 게 좋습니다. 다른 누구도 아닌, 내 행복을 위해서예요. 어떤 누구도 나의 행복을 해칠 수 없을 만큼 스스로 서는 존재가 되어야 합니다.

'우리 남편 참 좋은 사람이다.'

이렇게 생각하면 이 좋은 사람이랑 10년간 연애했고, 이 좋은 사람과 10년간 살았고, 우리 아이도 좋은 사람의 자식이고, 이렇게 되는 거예요.

'남편이 짐승 같은 인간이다.'

이렇게 생각하면 내가 짐승을 사람으로 잘못 봤고, 짐승하고 살았고, 애도 짐승 자식이고, 이렇게 되는 겁니다. 스스로를 학대하는 거예요. 대부분의 사람들이 결혼생활에서 이렇게 자신을 학대하고 있습니다. 지금 남편을 쌀쌀맞게 대하는 것이 자신과 가족을 굉장히 힘들게 만들고 있는 거예요. 남편과 헤어지지 않고 살려면 탁 놓아 버리고, 과감하게 사랑으로 감싸 주는 게 스스로에게 훨씬 더 좋아요.

'내가 어리석었습니다. 내 생각에만 너무 빠져 그동안 당신이 마음고생을 많이 했네요.'

이렇게 기도를 해야 마음속에 있는 미움과 부정적인 생각이 없어집니다. 이게 바로 카르마가 녹는 과정이에요. 이처럼 남편에 대한 미움을 버리고 스스로를 존엄한 존재로 만들어 가야 행복해지는 겁니다.

고구려를 세운 주몽의 어머니 유화부인을 보세요. 유화부인이 젊을 때 동생하고 들판에 꽃놀이를 갔는데, 수염이 허연 영감이 하나 다가왔어요. 신분이 아주 높은 사람이 타는 마차, 요즘으로 말하면 영감이 아주 좋은 차를 타고 와서 "난 천제의 아들, 해모수다." 이러면서 유혹했어요. 유화부인은 이 사람의 말을 믿고 같이 지냈어요.

그런데 이 사람이 그 이튿날부터 아무 연락도 없이 사라진 거예요. 아무리 기다려도 연락이 없으니, 부모가 알고 난리가 난 거예요. 요즘으로 말하면 혼인빙자간음이에요. 부모는 외간남자를 만난 데다 아직도 그 남자를 그리워하며 기다리는 딸을 집에서 쫓아내 버렸어요.

마침 금와왕이 사냥을 나왔다가 이 여성을 발견하고 궁으로 데려가서 두 번째 부인으로 삼았어요. 주몽은 두 번째 부인의 아들이니까 적자가 아니고 서자잖아요. 뿐만 아니라 나중에는 왕의 아들이 아니라는 소문까지 있었기 때문에 왕자이면서도 궁에서 천대를 받았어요.

그러나 유화부인은 아들에게 "네 아버지는 해모수다."라면서 늘 남편에 대해 공경하는 마음을 냈어요. 그리고 아들이 핍박을 당할 때 "너는 다른 왕자들의 아버지보다 더 위대한 해모수의 아들이다. 너는 한 나라를 능히 세울 수 있는 자격과 능력을 가지고 있다."라 며 격려했습니다. 결국 주몽이 고구려를 세우지 않았습니까?

남편이 있느냐 없느냐가 중요한 게 아니에요. 가난하다고 문제 가 있는 게 아니에요. 엄마가 가난한 현실에 열등의식을 갖고 있 을 때 아이가 가난에 열등의식을 갖게 되는 겁니다. 남편이 없기 때문에 아이에게 문제가 생기는 게 아니라 남편이 없음으로 해서 엄마가 외로움을 타고 방황을 하기 때문에 아이에게 문제가 생기 는 거예요.

유화부인은 한 남자와 하룻밤을 지냈어요. 말하자면 사기를 당한 거잖아요. 하지만 본인이 상대를 완전히 믿어 버리면 사기가 아니에 요. 유화부인은 하룻밤 자고 떠나 버린 사람도 평생을 믿고 섬기잖아 요. 이런 믿음이 아들을 씩씩하게 성장시킨 거예요.

남편이 한 번 외도를 했다고 자꾸 갈팡질팡하고, 두 마음 사이에 서 변덕스럽게 행동하면, 자신을 비롯해 가족 모두에게 괴로움을 주게 됩니다. 아내로서의 역할만 있는 게 아니잖아요. 엄마로서 자 식을 생각하는 마음이 있다면 자식을 위해서라도 하루 빨리 결단 을 내려야 합니다.

남편에 대한 소유권 내려놓기

결혼한 여성들이 흔히 겪는 괴로움 중에 고부간의 갈등이 있어요. 이때 남편은 중간에서 이러지도 저러지도 못하고 매우 난처한 입장이 됩니다. 아내 편을 들면 어머니가 배신감을 느껴요. 또 어머니 편을 들면 아내가 섭섭해합니다. 그리고 그것이 부부 싸움의 빌미가 되어 "그렇게 어머니가 좋으면 어머니하고 살지 왜 나하고 결혼했느냐?"고 말하는 아내도 있어요.

한 남자, 어머니에게는 아들이고 아내에게는 남편이에요. 그런데 아내가 '이 남편은 내 거다.' 이게 더 강할까요, 어머니가 '이 아들은 내 거다.' 이게 더 강할까요? 이 남자가 어머니 거예요, 아내 거예요? 근본적으로 얘기하면 어머니 것도, 아내 것도 아니에요. 그런데 나이가 있으신 분들은 어머니 것이라 하고, 젊은 사람들은 아내 것이라고 합니다. 어머니는 배 속에서 아이를 키워서 낳았어요. 그래서 이 아들이 자기 것이라는 생각이 강합니다. '이 남편이 내 것이다.' 하는 것보다 훨씬 더 강해요.

남자가 아무리 아내를 사랑한다고 해도 자기를 낳아서 지금까지 키워 준 어머니의 정을 잊을 수는 없습니다. 이것을 잊으면 인륜에 어긋나는 불효라고 말하고 잊지 않으면 효자라고 합니다. 그렇다면 어머니에게 효도하는 남편이 잘하는 걸까요? 잘못하는 걸까요? 자식이 부모의 말에 순종하는 건 잘하는 거예요. 따라서 정말 훌륭한 아내라면 이렇게 말해줘야 해요.

"내가 좀 힘들기는 해도 우리 남편은 참 훌륭하다. 나도 우리 남편 같은 자식을 낳았으면 좋겠다."

그런데 효도하는 것을 나쁘다고 말하면 이것을 나쁘다고 배운 내 자식은 앞으로 효도를 안 하게 됩니다. 효도를 나쁘다고 생각하는 것은 내 자식이 불효하기를 바라는 것과 같아요. 그래서 시간이 흐른 뒤 자식과 관계가 나빠지는 것은 물론 자식 때문에 스스로 괴로워지는 과보를 불러옵니다.

이러한 인과를 생각한다면 남편이 내 말을 안 듣고 부모님의 말씀을 듣는 것은 잘하는 행동이라 생각해야 합니다. 남편이 부모 말을 안 듣고 내 말을 들으려 할 때 남편을 말려야 해요. 예를 들어, 남편이 부모님께 "10만 원 드리자."고 하면 오히려 내가 12만 원 드리자 하고, 남편이 "20만 원 드리자."고 하면 내가 25만 원 드리자고 말해야 해요. 남편이 "20만 원 드리자."고 하는데 "어머니는 돈도 많은데 10만 원만 드립시다." 이렇게 말하면 절대 안 됩니다.

만약 아내가 "부모님께 돈을 전부 드리자."고 해도 남편은 아내 말처럼 부모님께 전부 안 줍니다. 남편이 생각한 금액에서 깎아 봐야 1~2만 원이고, 더 줘 봐야 1~2만 원입니다. 아내가 주지 말라고 하면 모르게라도 주고, 다 주자고 해도 절대 다 안 주고 자기 살 것은 남겨 놔요. 이런 이치를 안다면 남편은 어차피 줄 거고, 많이도 적지도 않게 적당히 줄 거니까 이럴 때는 생색을 내는 게 좋습니다.

"알았어요, 여보. 많이 드립시다." 하는 게 현명한 거예요.

남편이 어머니 편만 들고 매주 시집에 가자고 해서 화가 난 아내가 있었어요. 친정에는 1년에 한 번 갈까 말까 하면서 시집에는 매주 가자고 하니 불만이 올라오지요. 그래서 시집에도 1년에 한 번 가고, 친정에도 한 번만 가자고 주장했어요. 그 후부터 남편은 매일 술을 마시고 들어와 화를 낸다는 겁니다. 이럴 때는 어떻게 하는 게 좋을까요? 남편이 시집에 "매주 가자."고 하면 매주 가면 되고, 혹시 못 가면 "미안해요."하면 됩니다. 여기서 더 좋은 방법은 남편에게 시집에도 매주 가고, 친정에도 매주 가자고 하는 거예요. 시집에 안 갈 수 있는 방법을 고민하기보다는 남편이 원하는 만큼 가 주면서 친정에도 매주 가는 거지요. 그러면 남편이 힘들어서 불만을 토로하겠죠? 그러면 이렇게 말하면 돼요.

"여보, 내가 효녀되는 게 그렇게 기분이 나빠요?"

그러면 남편이 타협안을 낼 겁니다.

"우리 집에도 격주로 갈 테니까 친정에도 격주로 가면 어때?"

이처럼 한 주는 시집 가고, 한 주는 친정 가는 방식으로 결정해야 해요. 상향 평준화하는 것, 이게 바로 지혜예요.

그렇다면 현명한 남편이 되려면 어떻게 해야 할까요? 만약 아내가 이렇게 말한다고 가정해 봅시다.

"당신 어머니하고 결혼했어? 어머니 말만 듣고."

이때는 아내에게 양해를 구하는 태도를 취해야 합니다.

"여보, 미안해."

그리고 어머니께서 "너는 여자 말만 듣느냐?"라고 하면 "어머니 죄송합니다."라고 하면 됩니다.

부부 사이에서 볼 때는 아내가 최우선이니까, "여보, 못 들어줘서 미안해." 하는 겁니다. 부모자식 사이에서는 부모가 최우선이니까 "어머니, 못 들어 드려서 죄송합니다." 이렇게 하면 스트레스를 안 받습니다. 이쪽에 가서도 "죄송합니다."라고 하고, 저쪽에 가서도 "죄송합니다."라고 말하는 거예요. 이것은 남자로서 기득권을 누린 것에 대한 참회입니다.

자식을 사랑하는 어머니라면 자기 자식을 갈등의 감옥에서 풀어 줘야 합니다.

솔로몬의 지혜라는 이야기가 있잖아요. 어느 날 두 명의 어머니가 나타나 아기 하나를 두고 서로 아들이라 하니까, 솔로몬이 "그럼, 아이를 반씩 나누어 가져라."고 했어요. 그러자 진짜 엄마가 가짜 엄마에게 아기를 가져가게 양보했습니다. 이처럼 시어머니와 며느리가 갈등을 일으킬 땐 시어머니가 양보해야 하지 않겠어요? 며느리야 남편이 죽으면 재혼하면 되지만, 어머니는 아들이 죽으면 대안을 찾을 길이 없잖아요. 그러니까 어머니가 양보해야 합니다.

시집 문제로 남편과 갈등이 있는 아내가 남편을 사랑하는 방법은 이 갈등의 굴레에서 배우자를 풀어주는 거예요. 먼저 남편의 행동이 맞다 틀리다, 옳고 그르다 평가하고 미워했던 남편에게 '당신이 내 것인 줄 알았습니다. 당신은 내 남편이기 전에 어머니 아들입니다.' 참회 기도를 하며 어머니께 우선권을 드리는 마음을 내면 됩니다. 이렇게 하면 어떤 것이 바뀔까요?

첫째, 내가 편해집니다. 더 이상 남편을 두고 시어머니와 경쟁할 필요가 없어요. 둘째, 부부관계가 좋아집니다. 남편은 너그럽게 받아 주는 아내에게 고맙고 미안한 마음이 드니 더 잘하고 싶은 마음이 생길 겁니다. 셋째, 평판도 좋아집니다. 남편을 사이에 두고 시어머니와 갈등하지 않으면, 가정이 화목해지고 주위에서도 부러워해요. 넷째, 가장 좋은 점은 내 자식이 잘된다는 거예요. 엄마로서 자식이 잘된다면 무슨 짓인들 못하겠어요.

그런데 아무리 좋다는 걸 알아도 막상 실천하려면 잘 안 됩니다. 처음에는 잘 안 돼도 '아, 원리가 그렇구나!' 하는 걸 알고, 하다가 계속 안 된다 싶어도 자꾸 연습해 나가면 내 마음과 행동이 점점 달라짐을 느끼게 될 겁니다.

게임, 도박에 빠진 남편

마이너스 통장으로 게임, 도박하는 남편 때문에 힘들어하는 여성이 상담을 해왔습니다. 남편은 ADHD, 도박 중독, 우울증 진단을 받았으며 관련 약을 복용 중인데 어떻게 하면 남편을 존중하고 아이를 잘 키울 수 있는지 물었습니다.

"스님께서 '남편을 부처님처럼 여기라.'고 말씀하시는 걸 들었는데 저도 남편을 부처님처럼 따라야 하는 것인지 잘 모르겠습니다."

부처님은 '남편을 미워하지 말라'고는 하셨지만 '남편을 부처님처럼 받들라.'고 하지는 않았습니다. 도박하는 남편이 훌륭하지도 않지만 나쁜 사람도 아닙니다. 그 사람은 그냥 그 사람일 뿐이라는 게 불법입니다. 남편이 잘하는 것도, 무슨 큰 범죄를 저지른 것도 아닌 다만, 아내가 원하는 만큼 만족스러운 사람이 아니라는 거예요. 내 기준에 안 맞다고 남편을 미워하거나 원망해서는 안 돼요.

그 사람하고 살든 안 살든 그것은 내가 결정하면 돼요. 그러나 그 사람과의 만남을 후회하거나 괴로워하지 말라는 겁니다. 내가 선택해서 만났고, 마음에 들지 않아 헤어진다는 것은 내 선택에 따르는 것뿐입니다. 이게 법(法)의 이치입니다. 불법은 윤리 도덕이 아니에요.

남편의 정신 질환과 도박 습관은 그 사람이 가진 하나의 특징으로 인정하고 같이 살 건지, 안 살지는 자신이 결정하면 됩니다. 인정하기 어렵다면 같이 안 살면 되지, 자기 윤리 기준에 안맞는 행동을 한다고 해서 상대를 미워하거나 나쁘다고 하면 안 됩니다.

남편에게 어떤 문제가 있다고 하소연하는 사람에게 "그럼 같이 안 살면 되잖아요." 하니 "그런데 아이도 있고, 경제적인 이유도 있고, 무엇무엇 때문에 같이 안 살 수가 없습니다." 합니다.

같이 살 수밖에 없는 상황에 계속 상대를 미워하면 내가 괴롭습니다. "무조건 남편한테 숙이고 살아라." 라는 말이 아니라 이왕 같이 살려면 상대를 좋게 보고 살라는 뜻에서 "상대를 부처님처럼 보고 사세요."라고 하는 것이지 "헤어지면 안 된다.", "모든 남편은 다 부처다." 이런 얘기가 아닙니다.

결혼을 하거나 혼자사는 것은 개인의 자유지만, 상대방을 미워하는 것은 돌맹이가 작다고 미워하고, 나무가 크다고 미워하는 것처럼 상대의 타고난 꼴이 자기 기준에 맞지 않다는 이유로 괴로움을 자초

하는 바보 같은 행동입니다. 아이도 있고 여러 가지 이유로 그 사람과 살 수밖에 없다면, 아이 아빠니까 존중해 주고 좋게 생각하고 살라는 것입니다. '그런 꼬락서니를 보고 사느니 혼자 사는 게 낫다.' 싶으면 본인이 결정해서 이혼하면 됩니다. 결혼하거나 이혼하는 것은 개인의 자유에 속하고, 미워하거나 원망하거나 슬퍼하는 것은 괴로움에 속합니다. 같이 살면 행복하게 살아야하고 헤어지더라도 내가 괴로움 없이 살아야 합니다.

그 사람이 화를 내든, 도박을 하든 그건 그 사람의 일입니다. 내가 그것을 고칠 수 있으면 고치면 됩니다. 그런데 고칠 수 없는 것을 고치려 들면 괴로워지니 안되면 그냥 두라는 것입니다.

우리가 날씨를 고칠 생각을 하지는 않잖아요? 옷이나 난방으로 내가 할 수 있는 방법을 찾아 날씨에 맞춰서 살죠. 그러나 날씨 자체를 따뜻하게 하거나 춥게 만드는 것은 내가 할 수 없는 일인데, 할 수 없는 것을 하겠다고 했을 때, 이루어지지 않으니까 당연히 괴로워집니다.

물론 제일 좋은 결과는 남편이 도박을 안 하는 거겠지요. 그런데 그건 날씨가 춥지도 않고 덥지도 않기를 바라는 것과 같습니다. 남편이 바뀌기를 바라지 말고, 정신 질환과 도박하는 남편을 둔 상태에서 내가 어떻게 하는 게 좋겠는지를 지혜롭게 결정하면 됩니다. 몇 가지만 개선되면 괜찮겠다 싶으면 개선을 위해 노력해 보고, 노력해 봐도 안 된다면 남편은 앞으로도 바뀌지 않을 거라고 봐야 합니다.

내가 원하는 남편은 100점인데 80점 정도 된다면 같이 사는 게 낫지 않을까요. 있는 그대로의 남편을 객관적으로 살펴봐야 합니다. 만약 헤어진다고 하면 아이 있는 여자가 이혼하고 새로운 남자를 만나 살려고 할 때 현재 아기 아빠보다 나은 남자를 만날 가능성이 있겠는지 미리 점검해 봐야 합니다. 모든 경우를 잘 따져보고 결정해야 어느 쪽으로 결정하든 후회가 없습니다.

본인이 잘 살펴서 결정하되, 내 인생을 어렵게 만들었다고 남편을 미워하며 감정적으로 결정하면 안 됩니다. 결국 아이도 엄마가 미워하는 사람을 같이 미워하게 되고 부녀간에 원한이 맺히게 됩니다. 헤어지더라도 안 맞으니까 헤어질 뿐이지, '네가 도박을 하지 않았느냐.', '게임을 하지 않았느냐.' 라고 미워하면 안 됩니다. 상대를 미워하고 원망하는 데서 과보가 생기므로 남편을 미워하지 않고 괴로워하지 않으면 아이가 받는 과보는 없습니다.

지금 남편이 도박하고 게임 하는 것을 고치기는 어려울 것입니다. 정신적인 질환도 쉽게 고쳐지지는 않습니다. 그걸 감안하되, 내 돈까지 도박해서 넘기는 게 아니라면 '그래, 아이 아빠가 없는 것보다는 있는 게 낫다.' 이렇게 생각할 수도 있을 것입니다. 어차피 이혼하면 내가 벌어서 아이를 키워야 합니다. 이혼했다고 생각하면 그 사람이 도박을 하든 뭘 하든 내가 상관할 일이 아닙니다. 그

러니 지금은 같이 살아도 이득이 안 될 뿐이지, 별로 손해날 일은 없습니다. 이득이 안 될 바에는 같이 안 살겠다고 한다면 그 또한 본인의 선택입니다. 손해까지 나는 상황이었다면 애초에 저한테 묻지도 않고 이미 이혼을 해버렸을 거예요. 그러니 조금 더 살아보고 선택해도 늦지 않을 것입니다.

결혼해서 두 사람이 함께 생활하다 보면 여러 가지 사소한 의견 충돌이 생깁니다. 취향이든 취미든 생활태도든 하나부터 열까지 다 다릅니다. 옷 빨아 입는 것만 해도 다려 입느냐, 그냥 입느냐 서로 달라요. 목욕을 자주 하는지 안 하는지, 청소를 자주 하는지 여부도 다릅니다. 깔끔한 사람은 '청소도 안 하네.'라고 생각하고, 털털한 사람은 '닦은 지 몇 시간 되지도 않았는데 또 닦아?'라고 생각하니까 늘 서로 안 맞습니다.

어떤 분이 저에게 고민 상담을 해왔습니다. 자신은 나중에 치우려고 한 물건을 배우자는 지금 당장 치우라고 잔소리를 해서 스트레스를 받는다는 겁니다. 저는 "배우자가 하는 잔소리는 대체로 다 좋은 일이니 따르는 게 현명합니다." 라고 조언했습니다.

만약 이분이 청소를 잘 하지 않는 사람과 결혼했다면, 본인의 마

음은 편할지 몰라도 집안은 지저분해지고 아이들 교육상 좋을 게 없을 겁니다. 배우자가 청소를 깨끗이 하는 것은 좋은 일이고 내가 제대로 못 하는 청소를 배우자가 잘 해주고 있으니 고맙게 생각해야 합니다.

문제는 이분이 배우자의 말을 듣는 것에 계속 스트레스를 받는다는 것입니다. 배우자가 청소를 해주는 것이 고맙다는 마음을 갖고 있으면 "고마워, 여보!" 하면서 아내의 덕으로 여기고 스트레스 받지 않는 것이 제일 좋습니다. 그런데 이분은 자기 고집이 있어요. '왜 꼭 그렇게 해야 하나?' 하는 마음이 밑바닥에 깔려 있어서 스트레스를 받게 되는 겁니다.

깨끗하게 사는 것과 스트레스 받는 것을 놓고 비교하자면 스트레스 받는 게 더 안 좋은 일입니다. 그러니 스트레스를 덜 받기 위해서는 배우자의 말을 따르지 않는 대신 잔소리를 좀 들으세요. "왜 잔소리를 하느냐?"고 따지기보다는 배우자가 잔소리를 할 만하다는 것을 받아들이고 "미안해."라고 이야기를 해야 합니다. 가능하면 배우자의 의견을 따라주는 게 좋지만, 나도 가끔은 하고 싶은 대로 하고 그것에 대한 과보를 받으면 된다는 것입니다. 내가 배우자의 노예는 아니니까 모든 일을 다 상대의 뜻대로 할 수는 없어요. 다만 그럴 때는 "미안하다."는 말을 꼭 한 다음에 자기 마음대로 하세요.

본인은 휴가 가는 것을 좋아하는데 배우자는 어디 가지 않고 집에 있는 걸 좋아한다면 어떻게 해야 할까요? 배우자와 같이 살려면 그런 일은 따라주는 게 좋지 않을까요? 그런 게 너무 힘들다면 이혼하면 되고요. 이혼이 어려운 일은 아닙니다. 이혼해 봤자 본전이에요. 왜냐하면 원래 혼자였잖아요. 서로 맞춰 가는 것이 결혼입니다. 결혼을 하면 서로 다른 사람이 함께 한 집에서 생활하게 됩니다. 결혼이란 '맞는 사람이 만나서 사는 것'이 아니라 '다른 사람이 만나서 맞춰 가는 것'입니다. 관점을 이렇게 가져야 결혼생활이 편안합니다.

인간관계가 어떻게 형성되는지 한번 살펴봅시다. 우리는 모르는 사람에 대해 처음에는 '나와 다를 거야.'하고 생각합니다. 그런데 같이 얘기를 해보니 같은 한국 사람인 거예요. 그러면 그 사람과 약간 가까워집니다. 더 얘기하다 보니 종교도 같다는 걸 알게 되었어요. 조금 더 친근감이 커집니다. 고향을 물어보니 동향 사람이에요. 여기에 취미까지 겹치면 친밀함이 더욱 강해지겠죠. 이렇게 서로 같은 점이 많아질수록 점점 더 친해지다가 연인이 되기도 하고, 결혼으로 발전할 수도 있습니다.

상대에게서 발견되는 나와 같은 점이 하나에서 둘이 되고, 계속 늘어날수록 우리의 뇌는 '아, 우리는 모든 것이 같다.' 단정 짓고 결혼까지 하게 됩니다. 그런데 같이 살아보면 그때부터는 서로 다른 점이 하나씩 발견됩니다. 청소에 대한 개념이 다르고, 음식이 짜고 싱거운 것도 다릅니다. 계속 다른 점을 발견하다 보면 우리의 의식은 '성격이 너무 안 맞다.', '취향이 완전히 다르다.' 하면서 못 살겠다고 헤어집니다. 이렇게 같은 것이 발견되어 만났다가, 다른 것이 훨씬 더 많이 발견되어 헤어집니다. 결혼에 이르게 되는 이유는 서로 같은 점이 많이 발견되었기 때문에 결혼을 한 거예요. 그래서 헤어진 후 다른 사람을 만나보면 '그전 사람이 더 나은 것 같다.' 하기도 합니다.

여러분이 처음 만난 사람하고 결혼하든, 오래 연애한 사람하고 결혼하든, 사실 결혼생활에는 큰 차이가 없습니다. 물론 처음 만난 사람끼리는 공통점이 적을 수는 있습니다만 여러분의 뇌는 두 사람이 같다고 단정을 내리기 전이어서 살면서 자꾸 같은 점을 발견하게 됩니다. 즉 기대가 낮아서 실망이 없습니다. 그런데 오랜 시간을 두고 검토해 본 사람과 결혼을 하면 그만큼 기대가 높아져 있는 상황입니다. 실제로 살아보면 어떤 사람이든 기대보다는 못하다 생각들고 자꾸 실망이 커집니다. 길을 가다 만난 사람이든, 십 년을 사귄 사람이든, 살아보면 별 차이가 없습니다. 옛날에는 혼례식에서 처음본 사람하고도 살았는데 이혼율이 별로 높지 않았어요. 그런데 요즘은 온갖 조건을 다 맞춰보고 동거까지 해보고 결혼하는 데도 이혼율이 높습니다.

서로 다르다는 것을 전제로 하고 맞춰가야 합니다. 맞춰가는 방법에는 상대에게 내가 따라주는 게 제일 쉽습니다. 그것은 내가 결정할 수 있는 일이니까요. 제일 어려운 것은 상대를 나한테 맞추려고 드는 것입니다. 거기에는 내가 결정할 수 있는 일이 아무것도 없기 때문입니다. 사람들 대부분은 제일 쉬운 길을 버리고, 제일 어려운 길을 선택합니다. 수행은 쉬운 길을 가는 것인데 여러분은 항상 어려운 길을 택하기 때문에 스트레스를 많이 받는 것입니다.

옳고 그른 게 아니라 서로 다를 뿐임을 인정해야 합니다. 또한 상대를 '아, 자랄 때 저 집에서는 저렇게 했구나.' '저렇게 교육을 받았구나.' '저렇게 생각하는구나.' 있는 그대로 이해하려 노력해야 합니다. 다름을 인정하고, 그 다음으로 상대를 이해하는 거예요. 인정하고 이해하고 한발 더 나아가 맞춰 간다면 어떤 사람하고도 살 수 있습니다. 상대에게 맞춰서 내가 편해지는 과정에는 흔히 말하는 궁합도, 팔자도, 사주도 없어요. 아무리 좋은 궁합에 천생연분이라 할지라도 상대에 대한 인정과 이해가 없이 자기 것만 고집하고, 맞춰보려 하지 않으면 두 사람은 안 맞아서 같이 못 살게 됩니다.

감사의 기도 제대로 하기

한 생각이 우리의 마음을 병들게도 하고 치유하기도 합니다. 병에 걸려 1년 후에 죽는다는 이야기를 들었다면 마음이 괴롭겠죠? 그런데 이 괴로움을 잘 살펴보면 1년 후에 죽기 때문에 괴로운 게 아니라, 1년밖에 못 산다는 생각 때문에 괴로운 겁니다.

'나는 1년밖에 못 산다.'는 생각에 사로잡혀 있어서 괴롭습니다. 그래서 병을 더 악화시킵니다.

남편이 바람을 피웠어요. 그러나 괴로움은 남편이 바람을 피웠다는 사실에서 오는 게 아니에요. '당신이 나한테 감히 이럴 수가 있어?' 라는 생각에 사로잡혀 있기 때문에 계속 분하고 괴로운 거예요.

그런데 이런 순간에도 갑자기 배탈이 나서 화장실로 달려갈 때는 잠시나마 분하고 괴로운 마음을 완전히 잊어버립니다. 이것은 무엇을 의미하나요? 괴로움은 생각에서, 마음에서 일어나는 것이지 상황에서 일어나는 게 아니라는 뜻이에요.

두 살배기 아기를 둔 엄마가 난치병에 걸려 1년 넘게 투병하는데, 자신이 아이를 돌보지 못하는 것에 항상 미안한 마음이 있었어요. 남편도 치료비를 벌어야 했기 때문에 세 가족은 한 달에 한두 번밖에 만나지 못했습니다. 상황이 이렇게 되자 애한테 못할 짓이다, 남편에게도 미안하다, 부모에게도 죄스럽다, 여러 사람에게 피해를 주고 있다는 생각에 사로잡혀 몸뿐만 아니라 마음까지도 병이 난 거예요. 물론 자식을 낳았으면 책임을 져야 합니다. 하지만 내가 책임을 방기한 게 아니라 몸이 아파서 제대로 돌보지 못할 형편이 되었다면 이때는 괜찮습니다.

예를 들면 남의 돈을 빌렸는데 돈이 없어 갚을 수가 없는 상황이라면 죄가 아니에요. 그러나 있으면서 안 갚으면 큰 죄가 됩니다. 빚 받으러 갔는데 진짜 아무것도 없고 움막 쳐 놓고 속옷만 입고 있다면 어쩌겠어요? 화가 나서 욕은 좀 하겠지만, 돈 받으러 갔다가 오히려 밥이라도 해 먹으라며 돈을 주고 오는 게 인정이에요. 없어서 못 주는 것은 더 이상 어떻게 못합니다.

내가 안 하는 게 아니고 아파서 누워 있기 때문에 애를 돌보지 못하는 것은 죄를 짓는 게 아니에요. 이런 경우에는 어떻게 하는 것이 좋을까요? 아이를 돌봐 주는 어머니께 감사하다고 말하고 딱 맡겨 버려야 합니다. 형편이 안 되어서 어쩔 수 없는 것은 걱정할 필요가 없어요. 어머니께도 크게 빚 지는 게 아닙니다. 남편한테도 크게 죄스러워할 이유가 없어요. 살다가 갑자기 몸에 병이 나서 누워 있을 수도 있는 것 아니겠어요? 다리가 부러졌으면 옆 사람 부축받고 신세 지는 거예요. 이런 도움은 받아도 괜찮습니다.

배부른 사람이 배고픈 사람을 돕는 겁니다. 이런 일을 할 때 크게 복 짓는다고 생각할 것도 없어요. 이것은 인간의 마땅한 도리이기 때문입니다. 어른이 어린아이를 보살피고, 젊은이가 늙은이를 돌보고, 건강한 사람이 장애인을 돌보고, 배운 사람이 배우지 못한 사람을 가르치는 것이 자연의 이치입니다. 기독교로 말하면 신의 섭리예요. 그런데 우리는 이런 도리를 안 합니다. 내 배 부르면 배고픈 사람을 외면하기 때문에 정작 내가 배고플 때 아무도 도와주지 않는 일이 생깁니다.

따라서 가족에게 빚을 진다고 생각하지 말고 '감사합니다.' 하는 마음을 내면 됩니다. 한 달에 한 번 만나는 남편에게도 "여보, 감사합니다." 이렇게 얘기하면 남편이 힘이 들어도 '내가 한 것이 아내에게 도움이 되는구나.'라고 생각해 기분이 좋아져요. 애한테도, 남편한테도, 시어머니한테도 죄스러워하지 말고 대신 "감사합니다."라고 말하면 됩니다.

평소에도 '불치병'에 걸렸다고 우울해 하기보다는 긍정적으로 받아들이세요. 만약 사고가 났다면 하루 만에 죽기도 하는데, 그래도

'나는 살아 있다.'는 사실에 감사하세요. 요즘은 의술이 좋아져서 옛날보다 병도 잘 고쳐서 오래 살 수 있습니다.

항상 '감사하다.'는 마음을 내면 긴장이 풀리고 좋은 에너지가 나옵니다. 그래서 1년 살 것도 몇 년 더 살고, 2~3년 살 것도 5년 살고, 안 나을 병도 나을 수 있어요.

하지만 쓸데없는 걱정으로 애끓이며 살면 살 사람도 죽습니다. 이 이치를 잘 생각해서 긍정적인 마음으로 자신을 바라보고, 감사하는 마음으로 주위를 살펴보세요. 이것이야말로 진정으로 자신과 가족을 위하는 길입니다.

배우자를 대하는 현명한 자세

요즘 엄마들은 아들을 키울 때 왕자로 키웁니다. 그래서인지 남자들은 누군가가 자기를 받들어 주면 굉장히 좋아하고, 정신 못 차리고 뭐든 다 줍니다. 이런 까닭에 아내가 남편에게 항상 "네, 네" 해주면 굉장히 기가 살아요.

그런데 대부분의 가정에서는 아내가 남편을 무시하며 기를 팍 죽여 놓는 경우가 많습니다. 남편들이 바깥에 나가서 큰소리를 치다가도 집에 오면 맥을 못 춥니다. 왜냐하면 아내는 남편의 허점을 다 알기 때문이에요.

'별것도 아닌 인간이 밖에 나가서 큰소리치네.'

아내가 이런 생각으로 남편을 대하기 때문에 남편이 눈치를 봅니다. 겉으로는 큰소리를 치지만, 마음속으로는 기를 못 폅니다. 그래서 폭력을 행사하는 사람도 있습니다. 나약하고 속이 허한 사람일수록 더 그렇습니다. 이것은 남자들의 열등감이라 할 수 있어요. 그렇다면 이럴 때 아내가 남편에게 어떻게 해야 할까요? 열등감이 있는 남자는 살살 맞춰 주는 게 약입니다.

제가 미국에 갔을 때 어떤 여성이 남편의 폭력에 대해 상담을 청해왔습니다. 요즘 같은 세상에 때리는 남자와 살 필요가 있을까요? 없습니다. 그래서 깨끗하게 헤어지는 게 제일 좋은 방법이라고 답해 드렸습니다.

그런데 이분이 선뜻 대답하지 못하고 머뭇거립니다. 결국 쉽게 헤어지지 못하겠다는 뜻인데, 왜 그럴까요? 이유는 간단합니다. 남편에게 받는 게 있기 때문입니다. 단지 돈 때문만은 아니에요.

이런 남자일수록 평소 아내에게 살살거리며 잘합니다. 남들은 "내가 한 것이 아내에게 도움이 되는구나." 하지만 이런 남자하고 사는 데는 다 이유가 있습니다. 이런 부류의 남자들은 저녁엔 술 먹고 행패를 부리지만 아침엔 또 잘못했다고 손이 발이 되도록 빕니다. 또 마음이 나면 아내에게 얼마나 잘하는지 모릅니다. 여기에 중독이 되어 버리자니 아깝고, 살려니 힘든 것입니다.

헤어지지 않는다면 두 번째로 좋은 방법은 남편에게 '말로 지는 것'입니다. 흔히 남자가 때릴 때는 여자에게 말로 졌을 때입니다. 만약 말에서 져 주면 맞을 일이 있을까요? 없습니다. 여자가 말로 이겼다면 그걸로 끝나야 하는데, 못난 남자에게는 아직 하나 남은 게 있어요. 바로 힘입니다. 그래서 말로는 못 이기는 아내에게 힘을 씁니다.

이런 부류의 남자를 대할 때는, 이런 인간하고는 더 이상 살 가치가 없다고 바로 끝을 내든지, 그래도 좋은 점이 있다고 생각한다면 말에서 져 주면서 살아야 됩니다. 남편이 뭐라고 하면 "네, 알겠습니다." 이러면 끝이 납니다. 주먹이 날아올 일이 없습니다. 미리 져 버리니까요.

그런데 말로라도 이기려고 싸우다 더 큰 화를 당하고 갈등을 만드는 겁니다. 다시 말해 남자가 가끔 폭력을 행사한다면 해결하는 길은 세 가지입니다. 첫째, 즉시 헤어지는 방법, 둘째, 말로 지는 방법, 셋째, 힘으로 제압하는 방법이에요. 무엇 때문에 맞습니까?

중국 한나라의 장수 한신은 젊은 시절 깡패의 가랑이 밑으로 기어간 것으로도 잘 알려져 있어요. 이것은 비굴한 게 아니라 후일을 도모한 겁니다. 지혜로운 거예요. 자기 삶에 지혜롭게 대응해야 합니다. 똑같은 상황이 매일 반복되면 안 된다는 말이에요.

사람이 처음부터 지혜롭기는 힘듭니다. 그래서 한두 번은 실수할 수 있습니다. 그러나 몇 번 시행착오를 겪으면서 이렇게 저렇게 해야겠다, 하고 방향을 잡아가야 합니다. 이래도 저래도 길이 잘 안 열리고 모르겠다 싶을 땐 어떻게 하는 게 좋을까요?

기도를 하는 게 제일 좋습니다. 어리석은 머리를 아무리 굴려 봐야 별로 도움이 안 됩니다. 이때는 딱 놔 버리고 계속 기도를 하면 길이 열립니다. 그러면 상황이 어떻게든 바뀌게 됩니다.

기도를 하다 보면 마음에서 교통정리가 됩니다. "안녕히 계세요." 하고 끝내려는 마음이 분명해지든지 "예, 알겠습니다." 하고 숙이는 마음이 분명해지든지, 이도 저도 아니면 태권도장에 가서 훈련을 받아 힘을 키워야겠다는 생각이라도 확실해집니다.

기도를 하면 자기의 마음이 분명해지고, 그러다 보면 상황이 변합니다. 더 이상 이 문제로 고민할 필요도 없을 만큼 상황이 딱 변해 버리는 거예요. 그러니 복잡할 땐 기도를 하세요. 아무리 생각해도 해결되지 않는 문제라면 골치 아프게 생각하지 말고 기도를 하는 게 좋습니다.

반대로 아내가 잔소리하는 것을 해결하려면 어떻게 해야 할까요? 방법은 쉽습니다. 아내가 무슨 말을 할 때마다 "여보, 고맙습니다", "조언해 줘서 감사합니다." 이러면 잔소리가 잔소리로 안 들립니다. 내가 듣기 싫을 때 잔소리가 되고, 내가 듣기 좋으면 조언이 됩니다.

딱 두 가지만 실천하면 가정이 행복해집니다. 오늘부터 남편이 뭐라고 하든, 아내가 뭐라고 하든 "네, 알겠습니다." 이렇게 대답해 보세요. 여기서 알아야 할 것은 내가 원하는 것이 다 이루어질 수 없듯이 다른 사람이 원하는 것을 다 들어줄 수 없다는 사실이에요.

부모님이 저보고 제발 결혼하라고 하셔도 제가 이루어 드릴 수 없잖아요. 불가능한 것은 아니지만 저로서는 그렇게 하고 싶지가 않아요. 인생이 그렇습니다. 다 해줄 수가 없어요. 결혼하기를 바라는 부모 입장에서는 저를 스님으로 대하는 것이 아니라 아들로 봅니다. 제가 어떤 존재든, 어떤 직업을 가지고 있든 상관이 없는 거예요. 따라서 제가 부모의 뜻을 못 이루어 줄 때는 어떻게 해야 할까요? "죄송합니다." 이러면 돼요.

이 이치에 따라 상대의 의견은 받아들이고 나는 나대로 살면 돼요. 그런데 여러분은 어떻게 합니까? 누가 "이거 해라." 그러면 "못 해요."라고 말해 놓고는 한참 뒤에는 또 하려고 애를 써요. 그렇게 하다 보면 관계도 나빠지고 나는 나대로, 상대방은 상대방대로 피곤해집니다. 그러니까 일단 "네, 알겠습니다." 하면서 받아들이고, 할 수 있으면 하는 거예요. 만약 못하면 "죄송합니다."라고 말하면 됩니다.

"네, 알겠습니다", "죄송합니다."

이 두 마디만 오늘 집에 가서 일주일쯤 연습해 보세요. 지금보다 관계가 훨씬 좋아집니다.

그런데 문제는 말도 못 꺼낸다는 거예요. 이때는 우선 혼잣말이라도 한번 시도해 보세요. 그러면 말이 씨가 되어 점점 좋아집니다.

행복하려고 만나 함께 살지만, 또 살다 보면 안 맞아서 못 살 수도 있죠? 살고 못 살고는 중요한 게 아니에요. 진짜 중요한 것은 미워하지는 말라는 거예요. 상대방은 그 사람 입장이 있고 처지가 있어요. 같이 미워하면 나만 손해예요. 그래서 불법에서는 이렇게 말합니다.

"미워하지 마라. 미워하면 내가 괴로워진다."

미워하지 않는데 군이 헤어질 필요가 있나요? 없잖아요. 그렇다면 함께 살면 되고, 또 미워하지 않더라도 헤어질 일 있으면 헤어지면 돼요. 다만 미워서 헤어지는 것은 어리석어요. 만약 지금 미워서 헤어질 정도에 이르렀다면 헤어지는 게 중요한 게 아니라, 미워하는 마음을 없애는 게 중요해요. 이럴 때는 상대를 위해 먼저 기도를 해서 미운 마음을 없앤 다음 헤어져야 합니다. 그래야 헤어진 뒤에도 후회가 없고 자유로울 수 있어요.

화내는 사람과 좋은 인연 짓는 법

어느 날 부처님이 탁발을 나갔어요. 당시 인도에서 제일 신분이 고귀하다는 브라만의 집 앞에 이르렀습니다. 그런데 콧대 높은 집주인이 부처님을 딱 위아래로 쳐다보더니 밥을 주기는커녕 쪽박 깨는 소리를 하는 거예요.

"사대육신이 멀쩡한데 일해서 먹고살지 왜 밥을 얻어먹으러 다니는가?"

부처님께서는 그저 빙긋이 웃으셨어요. 그러자 집주인이 또 시비를 걸었어요.

"또 왜 웃는 건가?"

"여보시오, 당신 집에 가끔 손님이 옵니까?"

부처님이 물으셨어요.

"그럼, 손님이 오지!"

"손님들이 올 때 가끔 선물도 가지고 옵니까?"

"그럼, 선물을 가져오기도 하지!"

"만약 선물을 가져왔는데 당신이 그 선물이 마음에 안 들어서 받지 않으면 그 선물은 누구 겁니까?"

"그야 가져온 사람 거지. 그런데 왜 이런 말을 묻는 건가?"

"지금 당신이 나에게 욕을 선물했는데, 그것을 내가 받지 않으면 그 욕은 누구의 것이 됩니까?"

이때 집주인이 부처님의 말씀을 듣고 깨달은 바가 있어서 자기의 잘못을 빌었어요.

이 일화를 제 입장에서 바꿔 생각해 볼 수 있어요. 제가 만약에 어느 집에 탁발을 하러 갔는데 그 사람이 막 욕을 한다, 어떤 감정이 일어날까요? 저라면 그냥 대놓고 얘기할 거예요.

"주기 싫으면 말지, 욕은 왜 해!"

그러면 그 사람도 할 말이 있겠지요.

"당신이 우리 집에 얻어먹으러 오지 않았으면 내가 왜 욕을 하겠어?"

부처님이 탁발할 때는 규칙이 있었어요. 남의 집에 들어가질 않습니다. 그냥 대문간에 서 있습니다. 그리고 달라는 소리도 안 해요. 다만 서 있을 뿐입니다. 이게 탁발의 원칙이에요. '뭣 좀 주세요.'라고 하면 구걸한다고 합니다. 탁발은 '주세요.'라는 말을 하면 안 돼요. 그냥 가만히 서서 염불만 하고 있어야 해요. 그러면 알아서 주는 거예요. 그러니까 저도 할 말이 있지요.

"내가 언제 달라고 그랬소, 그냥 서 있었지."

그러면 그 사람은 또 뭐라 그럴까요?

"왜 남의 집 대문 앞에 서서 그러는 거요?"

"길이 다 당신 거요?"

이런 식으로 시비가 오가겠죠. 그렇게 언쟁을 하면 주변에 있던 사람이 이 모습을 보고 뭐라 그러겠어요?

"저 두 사람은 보자마자 눈을 부라리고 싸우네."

두 사람이 보자마자 싸운다면 내일도 싸울까요, 안 싸울까요? 싸우겠지요. 오늘도 싸우고 내일도 싸우면, 즉 오늘 원수가 됐으니 내생에도 원수가 되겠죠. 또 '아, 저 두 사람은 전생에서부터 원수였다.' 이렇게 됩니다. 이걸 보고 전생이 규정된다고 말해요. 현재 싸운다면 원인이 있을 거 아니에요? 원인은 전생에 원수였다, 그러니까 그 과보로 현생에서 싸운다, 이렇게 되는 거예요.

그런데 부처님은 저처럼 싸우지 않고 빙긋이 웃으셨어요. 웃는 얼굴에 침 못 뱉는다는 말이 있잖아요?

하지만 그 브라만은 웃는 얼굴에 침을 뱉었어요.

"왜 웃느냐?" 이러면서 시비를 걸었어요.

만약 제 성질 같으면 혹시 첫 번째는 웃었다 하더라도 두 번째는 뭐라 그랬겠어요?

"웃지도 못하는 건가?"

이래서 또 싸우게 될 텐데, 부처님은 손님 이야기를 했어요. 브라만이 생각할 때는 좀 뜬금없는 이야기였겠지요? 밥 얻어먹으러 온 문제로 논쟁을 하다 말고 갑자기 손님 이야기를 하니까 말이에요. 현명한 사람이라면 이때 알아들었을 겁니다.

그런데 이 사람은 워낙 아집이 강했는지, 처음엔 왜 이런 이야기를 하는지 잘 몰랐어요. 그래서 부처님께, 왜 이 얘기를 하느냐고 물었어요. 그러니까 또 부처님이 빙긋이 웃으면서 말했어요.

"당신이 지금 나한테 욕을 선물했는데 내가 그걸 안 받으면 그게 누구 겁니까?"

브라만은 그제야 깨달은 거예요. 욕을 했는데 상대가 웃는다는 건 받았다는 거예요, 안 받았다는 거예요? 그리고 그걸 안 받으면 누구 거예요? 그제야 자기 잘못을 뉘우친 브라만이 공손한 태도로 부처님께 아침 공양을 대접했습니다. 부처님은 환영하는 사람에게만 설법하신 게 아니고, 부처님을 욕하는 사람에게도 이렇게 설법을 하셨어요.

이 설법은 비난하는 청법에 대한 답이에요. 좋은 마음으로 법을 청한 데 따른 답이 아니고, 부처님을 비난한 것에 대한 법문이에요. 마음으로 감화를 받은 브라만이 무릎을 꿇고 부처님께 법을 청

한 겁니다.

"저를 위해서 좋은 법문을 해주십시오."

부처님의 법문을 들은 그의 얼굴이 환히 밝아졌어요.

만약 이 모습을 지나가던 사람이 보았다면 어떤 생각이 들까요? '두 사람은 오늘 처음 만났지? 그런데 저 브라만은 부처님께 공양을 올리고, 부처님은 저 사람을 위해서 설법을 해주네. 저렇게 좋은 인연이니까 다음 생에도 분명 좋은 인연이 되겠다.' 이렇게 생각할 겁니다.

지금 좋은 인연을 보면 전생에는 어땠을까요? 서로 좋은 인연이었겠죠. 부부라면 천생연분이었을 겁니다. 좋은 인연이었으니까 오늘 처음 만났는데도 화기애애하잖아요.

이 두 가지 경우를 한번 비교해 보세요. 제 경우는 상대가 화낸다고 덩달아 화를 냈더니 이생에 원수가 됐어요. 이생에 원수가 된 원인을 찾아보니 전생에도 원수였다는 결론에 이릅니다.

그런데 부처님은 상대가 화를 내며 욕을 하는데도, 빙긋이 웃음으로 받으니 그것이 뒤집어져서 이생에 좋은 인연이 돼 버렸어요. 이생에 좋은 인연이 된 덕분에 전생까지도 좋은 인연이 된 거예요. 그러면 이생에 나쁜 인연이면 전생도 나쁜 인연이 되고, 이생에 좋은 인연이면 전생도 좋은 인연이 된다는 얘기잖아요. 즉 이생에 좋은 인연이면 다음 생에도 좋은 인연이 되고, 이생에 나쁜 인연이면 다음 생에도 나쁜 인연이 된다는 거예요.

상대가 욕을 할 때 똑같이 맞받아서 비난을 하니까 삼생이 악연이 되고, 한 번 웃으니까 어떻게 됐습니까? 삼생이 선연이 되었어요. 따라서 너와 나의 관계가 악연이냐 선연이냐 하는 것은 정해져 있는 것이 아님을 알 수 있습니다. 바로 상대가 나를 비난할 때 내가 웃어 주느냐, 화를 내느냐가 삼생을 악연으로 만들 수도 있고 선연으로 만들 수도 있어요.

주변에 이런 경험을 한 사람이 굉장히 많습니다. 자식이 너무 애를 먹이는데 어떤 방법도 안 통한다며 저를 찾아온 분이 있었어요. 또 어떤 분은 남편이, 정말 세상 남자 중에 저런 인간은 없을 거야, 할 정도로 속을 썩여서 온갖 방법을 찾아 헤매다가 해결을 못해서 결국은 저를 찾아와 하소연을 했어요.

그런데 상대를 고치려고 하는 대신, 상대에게 참회의 기도를 하고 나니 지금까지 얻지 못했던 깨달음을 얻을 수가 있었어요. 스스로 깨닫고 보니, 이 좋은 법을 깨닫게 해준 것이 아들과 남편이었어요. 남편이 저렇게 애를 안 먹였으면 못 깨달았을 거 아니에요.

'아, 남편이 나를, 이 좋은 법과 인연 맺게 해주려고 저렇게 애를 썼구나.'

깨치고 보면 이렇게 생각하게 되는 거예요. 이때 남편은 어떤 존재가 되겠어요? 나를 깨우쳐 주려고 나타난 보살이 되는 거예요.

저절로 감사한 마음이 들지 않겠어요?

내가 먼저 상대에 대한 모든 미움과 악연을 풀면 시간이 흐르면서 상대에게도 변화가 오기 시작합니다.

이것이 바로 삼생의 업을 녹이는 거예요. 그러다 보면 현재와 미래만 좋은 게 아니라 과거까지 좋아져요. 저절로 행복하고 자유로워집니다.

지난 인연을 놓으면
새로운 인연이 다가온다

아이들에게는 엄마가 가장 큰 영향을 미칩니다. 그런데 엄마가 아빠를 미워하면 아이들은 어떤 감정을 느끼게 될까요? 특히 엄마가 아빠를 인간 취급도 안 할 때, 아이들은 이 상황을 어떻게 받아들일까요? 제 생명의 근원인 아빠가 짐승보다 못한 대접을 받을 때 아이들은 부정적이고 혼란스러운 감정을 갖게 돼요.

'착한 우리 엄마를 마음 아프게 한 아빠는 정말 나쁘다.'

이렇게 생각하면 아이는 자신의 존재를 긍정적으로 인식하고 밝게 자라기가 어렵습니다. 아이들은 엄마의 말을 믿기 때문에 아빠에 대한 감정이 좋을 수가 없어요. '아빠가 백 퍼센트 나쁜 사람이다.'라고 생각하면, 아이는 어떤 자긍심도 갖기 어려워요. 엄마가 아이를 이렇게 만든 겁니다.

남편이 바람나서 이혼한 뒤, 재혼한 여성이 있습니다. 그런데 재혼해서 낳은 아이가 병치레를 자주 하고, 전남편의 아이들도 성격이 밝지 않아 고민이라는 겁니다. 게다가 자신이 암까지 걸린 터라 전남편도 원망스럽고 자신의 팔자가 너무 기구하다는 거예요. 이분은 전남편 때문에 가정이 깨지고 자신의 인생도 엉망이 되었다고 여기고 있어요. 하지만 전남편의 아이들이 밝지 않은 것은, 아이들 앞에서 전남편을 인간 취급도 하지 않고 미워한 데서 비롯된 거예요.

부모라면 아이에게 이런 모습을 보여줘서는 안 됩니다. 물론 엄마가 아빠를 욕하더라도 아이가 '아니야, 엄마 말은 틀려. 사실 아빠는 좋은 사람이야.'라고 생각할 수도 있겠지만, 그러면 이번에는 엄마가 거짓말을 한 사람이 됩니다. 엄마가 거짓말쟁이라고 생각하면 아이들은 또 자긍심을 느낄 수가 없어요.

엄마가 거짓말쟁이가 되든지, 아빠가 나쁜 사람이 되든지 둘 중에 선택을 해야 하는 상황인 겁니다.

아니면 아빠는 나쁜 사람이고 엄마는 거짓말쟁이가 되는 것입니다. 이러다 보니 이 아이들은 행복해질 수가 없어요. 부모로서 결코 원한 것은 아니었지만 결과적으로는 아이들을 불행하게 만든 겁니다. 엄마의 자격이 없는 거예요. 아내의 자격은 여기서 논할 필요가 없습니다. 왜냐하면 이혼을 해버리면 끝이기 때문입니다.

이때는 엄마로서 잘못을 저지른 것에 대해 참회를 해야 합니다.

그러기 위해서는 먼저 전남편에게 참회를 해야 합니다.

"여보, 내가 얼마나 잘못 살았으면, 성격이 얼마나 안 좋았으면, 당신이 나를 두고 딴 여자에게서 마음의 위안을 찾았겠어요. 아내가 있고 애들도 있는 사람이 그렇게 할 때는 당신 마음도 얼마나 괴로웠겠어요. 지금까지 나는 당신만 미워하고 원망해 왔는데, 부처님의 말씀을 듣고 보니 제가 참 어리석었어요."

이렇게 참회를 해야 합니다. 당장은 원망하는 마음 때문에 참회가 잘 안 되겠지요. 이럴 때는 겉으로라도 "내가 나쁜 여자였어요. 나 때문에 당신이 정말 힘들었겠습니다."라고 참회하면서 마음에서 우러나올 때까지 계속해야 합니다. 그래야 아이들에게도 나쁜 영향을 미치지 않고 조금씩 좋은 방향으로 바뀔 수 있습니다. 왜 그럴까요?

"당신은 훌륭한 사람이었습니다. 제가 부족했습니다."

이렇게 되면 애들 아빠가 좋은 사람이에요, 나쁜 사람이에요? 좋은 사람이에요. 아빠가 좋은 사람이라고 생각하면 아이들도 기가 살아납니다. 물이 없어서 말라비틀어졌던 곡식이 물을 주면 다시 파릇파릇 살아나듯이, 아이들이 다시 살아나게 됩니다. 무거운 돌에 억눌려 밑에서 싹이 올라오다가 꾸불꾸불 삐뚤어졌던 게 돌을 확 치워 주니까 기지개를 켜고 제대로 올라오는 것과 같습니다. 엄마가 아이 아빠인 남편을 미워하면서 애들에게 무거운 짐을 지워

놓았기 때문에 애들이 밝아질 수가 없었던 거예요. 아이들이 어두 웠던 것도 이런 이치예요.

이건 남녀 문제가 아니라, 이치의 문제예요. 애들을 누르고 있던 무거운 돌을 엄마가 치워 줘야 합니다. 혹시 아이들이 아빠를 원망 해도 이렇게 말해 주어야 해요.

"아니다. 너희들이 잘못 생각한 거야. 처음에 엄마도 그렇게 생 각했는데, 다시 생각해 보니 정말 내가 나빴다. 너희 아빠가 오죽했 으면 그랬겠니."

남편이 어떻게 했느냐가 중요한 게 아니에요. 부부 사이에는 남 자가 어떻게 했느냐가 중요하지만 자식과 엄마의 관계에서, 엄마는 부부 문제를 떠나야 합니다. 엄마가 자식을 전적으로 보호해야 해 요. 그래야 마음속에 있는 남편에 대한 모든 한이 다 풀어집니다. 그 러면 첫째 내가 좋아지고, 두 번째는 자식이 좋아집니다. 매듭이 풀 리면 지금 남편에 대해서도 감사한 마음이 듭니다.

"여보, 고맙습니다. 부덕한 나를 이렇게 보살펴 주시니 감사합 니다."

이렇게 살면 지금 남편에 대한 감정도 빚진 마음이 아니라 감사 함으로 남게 됩니다. 이때부터 비로소 삶이 풍요로워집니다.

남편이 바람피워서 가정을 버렸다고 윤리, 도덕적 잣대를 들이대 고 법률로 따지지 마세요. 윤리, 도덕이 다 맞는 것도 아니고, 법률이

다 맞는 것도 아니에요. 오직 인연의 이치로만 해결할 수 있어요. 진리로만 해결이 될 수 있습니다. 남편 문제, 자식 문제로 질문하는 사람들에게 이런 얘기를 하니까, 어떤 분이 그래요.

"스님은 왜 항상 남자 편만 듭니까?"

제가 질문하는 사람의 편을 들면 들었지 왜 남자 편을 들겠어요. 지금 이렇게 하는 것이 질문자가 가장 빠르게 행복으로 가는 길이기 때문에 하는 얘기예요. 이미 떠나버린 남자를 미워하면서 사는 것은 아직도 내 인생의 주인이 그 사람인 거예요. 참회함으로써 내 인생에서 그를 지워야 합니다. 그때 비로소 내 인생의 주인이 내가 될 수 있습니다.

남을 바꾸려 말고 나를 변화시켜라

무언가를 얻기 위해 나를 고집하고, 무언가를 움켜쥐기 위해 애를 쓸수록 몸과 마음은 병이 듭니다. 이럴 때일수록 욕심내는 마음을 돌이켜 마음을 가볍게 하고 베푸는 자세를 취해야 해요. 부부 사이에는 마음으로부터 배우자에게 머리를 숙이고 "예, 그렇게 하겠습니다."라고 상대의 생각을 인정하고 받아들이는 자세를 취해야 몸과 마음이 건강해집니다.

마음을 돌이키려면 수행만큼 좋은 게 없습니다. 그렇다면 어떤 수행을 해야 할까요? 축구선수들은 축구가 스포츠 중에 최고라고 말합니다. 야구선수는 자기가 해보니 농구보다 야구가 낫다고 합니다. 그러나 자기가 보기에 그런 것일 뿐이고, 어떤 것이 더 낫다고 할 수는 없어요.

수행에는 여러 가지 방법이 있습니다. 수행자의 근기와 상황에 따라 달리 수행하는 거예요. 정토종에 가서 물으면 염불을 하라고 하고, 남방불교에 가면 위파사나 수행을 하라고 합니다.

수행을 하는 이유는 스스로 자유롭고 행복해지기 위해서예요. 그런데 수행은 노력하고 애쓰면서 하는 게 아니라 그냥 하는 겁니다.

어떤 사람이 아침에 일찍 일어나야겠다고 다짐했다 합시다. 그런데 아침에 일어나기로 정한 시간이 됐을 때 "일어나야 하는데, 일어나야 하는데."라고만 하고 정작 일어나지 않으면서 "일어나고는 싶은데, 몸이 말을 듣지 않는다."라고 합니다.

그러나 사실은 그렇지가 않아요. '일어나고 싶은 게 아니고, 일어나기 싫은 것'입니다. "일어나야 하는데"를 혼잣말로 열 번만 되뇌며 자기의 마음을 들여다보면 '일어나야 하는데 일어나기 싫다.'는 마음을 볼 수 있어요. 정말 일어나고 싶다면 '일어나야 하는데, 일어나야 하는데' 할 것이 아니고, 아무 생각 없이 그냥 일어나면 됩니다. 늘 각오만 하니 스트레스를 받고 인생이 괴로운 거예요. 그냥 하면 괴로울 일이 없습니다. 이렇게 스트레스를 받으니 밥도 많이 먹어야 하고, 술도 많이 마셔야 하고, 잠도 많이 자야 합니다.

끊임없이 방법을 찾는 것은 번뇌입니다. 그냥 하는 거예요. 수행도 이처럼 해야 합니다. 너무 심각하게 하지 말고, 가볍게 해야 해요. 혹시 잘 안 되더라도 '아! 내가 깜박 속았네.' 하면서 즉각 마음을 돌이키면 돼요. 괴로움은 우리의 마음이 어리석은 데서 옵니다. 그래서 마음 안에 고통의 원인이 되는 집착이 있다는 사실을 알고, 꿈에서 깨듯이 깨면 되는 거예요.

수행의 과제가 '남편에게 잔소리 안 하는 것'이라면, 오늘부터 잔소리하는 게 좋은지 안 하는 게 좋은지를 먼저 생각해 봅니다. 내가 잔소리한다고 남편이 달라질까요? 안 달라집니다. 그러면 나도 문제라는 걸 알아야 돼요.

'내 말 안 듣는 저 인간이 문제다. 그러나 안 될 줄 알고도 계속하고 있는 나도 문제니 우선 나부터 고쳐 보자.'

이렇게 딱 중심을 잡고 마음속으로 "이제는 내가 잔소리를 안 하겠다."고 남편을 향해 선언을 해보는 거예요. 이 결심을 어겼을 때 어떻게 할지도 미리 정해 놓습니다. 잔소리를 안 하겠다고 했지만 남편을 보면 자신도 모르게 잔소리가 툭 튀어나오잖아요?

'약속을 어겼구나. 108배 참회를 하자.'

이렇게 자신과의 약속대로 참회를 합니다. 잔소리를 했을 때는 108배 참회를 한 다음 마음을 잘 관찰해 보세요. 그러면 무의식 세계에서 어떤 작용이 일어나는 것을 보게 될 거예요. 절하기 싫어서라도 잔소리를 안 해야겠다는 생각이 일어납니다.

첫 번째 결심을 어기면 108배, 두 번째 어기면 200배, 세 번째 어기면 500배라고 정해 놓고 실행하면 무의식의 세계에서 어떻게 작용할까요?

'아이고, 힘들다. 차라리 잔소리 안 하는 게 낫겠다.'

이렇게 습관을 들이면 잔소리가 입에서 나오기 전에 알아차리게 됩니다. 나도 모르게 툭 튀어나온 뒤에 알아차리는 게 아니고, 탁 나오려고 할 때 '어, 잔소리하려고 그러는구나!' 이렇게 알아차리게 되고, 그러면 입을 다물게 됩니다.

바로 이때 기적이 일어납니다. 지금까지는 잔소리를 해야만 속이 시원했는데 나오는 순간에 입을 탁 다물면 그렇게 좋을 수가 없어요.

그런데 한마디 하고 싶은데 싸울까 봐 겁이 나서 아무런 말도 못 한다면 어떨까요? 하고 싶은데 안 하면 마음이 답답합니다. 잔소리 안 하는 것은 똑같은데 하고 싶은 걸 참아서 안 하면 병이 나지만, 알아차려서 탁 놔 버리면 마음이 편안해집니다.

'아, 이것이구나.'

이런 게 딱 일어나요. 이것을 직접 경험해 봐야 부처님의 법에 대해 믿음이 생깁니다.

'아, 불법이란 게 진짜 굉장한 거구나.'

그러다가 또 하나 깨치고 또 하나 깨치면서 자기 삶이 변합니다. 이렇게 한두 개씩 바뀌게 됩니다.

시간이 흐르면 어떻게 될까요? 남편이나 아내나 또는 주위 사람들이 '사람이 어떻게 저리 변했나, 죽을 때가 다 됐나?' 이런 생각을 할 정도가 됩니다. 사람이 확실히 바뀐 것을 알 수 있습니다. 그리고 힘이 생깁니다. 바뀌겠다고 결심하고 각오한다고 해서 힘이 생기는 게 아니에요. 남이 뭐라고 해도 "예" 하고 선뜻 받아들이게 되는 기적 같은 변화가 옵니다.

남자들의 경우 자신이 화를 잘 내는 성격이라면, '오늘부터 화를 안 내겠다.'는 것을 수행의 과제로 삼아 한번 시험해 보세요. 평소 자식에게 화를 냈다면 자식을 탓하기 전에, 자식이 무슨 짓을 하든 그걸 보는 내가 화가 나는지 안 나는지를 관찰하는 거예요. 이렇게 끊임없이 점검하는 것이 공부예요. 공부가 따로 있는 게 아닙니다.

사람들은 끊임없이 잘못을 반복합니다. 저녁에 술 먹고 취하면 아침에 일어났을 때 속이 쓰리잖아요. 그래서 해장국 먹고 온갖 약을 사다 먹으며 결심을 합니다.

'이제 다시는 술 안 마신다.'

그런데 저녁이 되면 또 마시고 취하고, 아침이 되면 또 후회하고, 저녁이 되면 또 마십니다. 이런 결심이 한두 번은 괜찮지만, 세 번, 네 번 반복된다면 이것은 카르마에 이끌려 사는 거예요.

실수를 한두 번 하는 건 괜찮아요. 한두 번 실수도 해보고 '이건 나한테 안 좋은 거구나.', '이건 이익이 없구나.' 하고 깨달은 다음에는 나쁜 습관을 고치는 맛이 있어야 해요. 그래야 인생이 달라집니다.

남편과 아내에게 하던 잔소리가 이익이 안 된다면 고쳐야 하고, 화내던 습관이 이익이 안 된다면 스스로를 돌아보고 고쳐야 합니다. 이때 상대를 문제 삼는 게 아니라 고치지 못하는 자신을 들여다보는 거예요.

장애가 생기면 탁 걸려 넘어지잖아요.

'어? 이 정도에 걸려 넘어지네.'

이렇게 자기 자신을 계속 점검하는 거예요.

남편에게 내가 어떤 경우에도 잔소리를 안 하기로 결심했다면 바로 시도해 보세요. 이대로 실천한다면 마음이 달라집니다. 이전에는 10시에 들어와도 성질을 냈는데 이제는 12시에 들어와도 "좀 늦었네요." 이렇게 웃으면서 넘길 수 있어요.

늦게 들어오는 것은 수행을 통해 괜찮아졌는데 술을 먹는 건 여전히 잔소리가 나온다면, 술 먹는 걸 보고도 잔소리 안 하기를 연습합니다. 이것도 가능해졌는데, 남편이 바람 피우는 것만큼은 참을 수 없다면 이 역시 수행을 해보면 왜 그런지 알게 됩니다. 수행을 하다 보면 스스로 어떤 문제는 해결이 가능하고, 어떤 문제는 불가능한지 알게 돼요.

이때 '아, 내 카르마에 이런 게 없구나.', '나는 재물 욕심은 이기

는데, 명예욕은 못 이기는구나.' 이렇게 자기 점검을 자꾸 해나갈 수 있어요. 이런 방법으로 스스로를 알아가다 보면 서서히 변화가 찾아옵니다. 자기 발전을 하는 거예요.

그러면 배우자가 애를 많이 먹일수록 내 공부에 좋을까요, 안 좋을까요? 당연히 좋습니다. 애먹이는 배우자를 곁에 두고도 내 마음이 괴롭지 않으면 공부 수준이 굉장히 높아진 거예요. 그래서 결혼생활을 하는 분들이 스님들보다 공부 속도가 더 빨라질 수 있습니다. 스님들은 옆에서 태클 걸어 주는 사람이 없잖아요. 수행 점검을 매일 해주는 사람이 적다, 이 말이에요. 그러다 보니 혼자 하는 공부는 잘 안 돼요.

그런데 결혼생활을 하며 이런저런 문제에 부딪히는 분들은 현장 경험이 많아요. 계속 태클이 들어오는 가운데 연습을 하기 때문이에요. 이런 까닭에 생활 속의 어려움을 수행 과제로 삼으면 세속에 있는 편이 공부가 훨씬 더 잘돼요.

선에서는 초견성을 하고 난 후 반드시 보림(寶林)을 합니다. 머리를 기르게 하거나 세상에 나가 10년 내지 20년 살게 하는 거예요. 이치는 알았는데 현실에서는 잘 안 되는 것들을 실전에 나가 경험하게 하는 거예요. 안 되는 경험과 되는 경험을 쌓아 나가는 거예요.

이런 경험이 어느 정도 쌓이면 스스로 딱 알아차릴 수 있고, 혹시 넘어져도 금방 일어나게 됩니다. 이 정도 되면 자신감이 생겨요. 이때가 되면 다른 사람에게 자기 수행 얘기를 할 수 있습니다. 이치와 주워들은 것만 가지고 얘기하면 금방 비난이 따릅니다.

"이렇게 말하는 당신은?"

즉각 이런 반응이 오거든요. 그래서 이 단계에서는 말을 할 수가 없어요. 그래서 더 많은 수행 경험이 필요합니다.

많은 수행 경험을 쌓으면 첫째는 자기 얘기를 할 수 있게 되고, 둘째는 사람들을 교화할 수 있어요. 사람들이 뭐라고 물으면 다 경험해 봤기 때문에 말할 수 있는 거예요. 나도 저런 마음을 내봤고, 저런 분별심을 내봤고, 저렇게 화를 내봤고, 저런 고통을 겪어 봤고, 또 극복한 경험이 있기 때문에 "예, 예, 그러시군요." 하고 공감할 수 있어요. 뿐만 아니라 어떻게 하면 장애를 뛰어넘을 수 있는지 알기 때문에 자신 있게 "이렇게 한번 해보시면 어떻겠어요?"라고 말할 수 있습니다.

그런데 책만 보고 아는 것으로는 이런 소리가 안 나옵니다. 맞는지 틀린지 어떻게 알아요? 되는지 안 되는지 점검도 안 해봤잖아요.

우리의 삶이 곧 수행 도량이에요. 불법을 자기의 삶으로, 자기 안에서 소화해 내야 합니다. 그렇지 않으면 아무리 절에 오래 다닌다고 해도 해결이 안 돼요. 가방 크다고 공부 잘하는 거 아니죠? 마찬가지로 절에 오래 다니고, 경전을 많이 공부하고 외운다고 수행이 되는 건 아니에요.

항상 현재, 지금에 깨어 있으면서 늘 자기를 되돌아보고 점검해 나가야 합니다. 이런 자세가 되어야 자기 변화가 오는 거예요. 이것 말고는 자기 변화를 가져올 길이 없습니다.

사랑한다면 아픔마저 껴안아라

결혼하고 나면 미처 몰랐던 상대방의 모습을 발견하게 됩니다. 그러면 상대에게 크게 실망하고 '사네, 못사네.' 하며 싸우다가 다른 데 눈을 돌립니다. 처음에 괜찮은 줄 알고 골랐는데 살아 보니 좀 문제가 있으니 실망하는 겁니다. 하지만 상대를 바꾼다고 달라질까요?

결혼할 때는 나보다 못한 사람을 도와줘서 덕을 좀 보게 해주겠다는 마음을 가져야 하는데, 상대에게 이익만을 얻으려고 하기 때문에 쉽게 실망하는 겁니다.

흔히 한 사람을 오래 사귀지 못하고 이 사람, 저 사람 연애 대상을 계속 바꾸는 사람을 보고 바람기가 있다고 하지요. 바람기가 많은 데는 심리적인 요인이 커요.

다양한 경우가 있지만, 한 가지 예를 든다면 어릴 때 부모님이든 선생님이든 친구든 자기가 믿었던 사람으로부터 배신을 당하거나 상처를 받으면 불신감이 생깁니다. 그러다 보면 상대를 좋아하다가도 '저 사람이 나를 더 이상 좋아하지 않는 건 아닐까.' 늘 두려워지는 거예요. 그래서 차이기 전에 먼저 그만두는 성질이 있습니다. 과거에 경험한 하나의 정신적 상처 때문에 미리 그만두는 습관이 생긴 거예요.

이때는 왜 이 사람 좋아했다가, 저 사람 좋아했다가 양다리 걸치는 일들이 일어나는지 자기 마음의 밑바닥을 분석해 봐야 해요. 그래서 상처가 있다면 상처를 치유하면 됩니다. 만약 자신에게 바람기가 있다는 걸 알았다면 결혼을 하면 안 됩니다.

담배가 아무리 피우고 싶더라도 건강에 안 좋다면 피우면 안 되듯이, 결혼했다면 아무리 바람기가 발동하더라도 스스로 억제하려고 노력해야 합니다. 이것은 결혼생활에서 상대에 대한 최소한의 예의예요.

만약 결혼 전에 자신의 문제를 발견했다면 수행을 통해 우선 자신의 상처를 좀 치유하고 나서 결혼을 해야 합니다. 그러지 않으면 상대에게 큰 상처를 주게 되고, 나아가 자식에게까지 큰 피해를 주기 때문이에요.

이미 결혼을 했는데, 배우자에게 이런 문제가 있다면 어떻게 해야 할까요?

'아, 이 사람이 어릴 때 받은 상처가 크구나.'

이렇게 이해하고 사랑을 베푼다면 상처를 치유할 수 있습니다.

아내와 길을 가다가도 예쁜 여자만 보면 대놓고 쳐다보는 남자가 있었어요. 게다가 다니는 직장마다 2년을 못 넘기고 그만둔다는 겁니다. 이런 남자는 성장 과정이 심리적으로 불안했을 가능성이 커요. 즉 사랑을 못 받았을 겁니다.

형제가 여럿 되어서 충분한 사랑을 받지 못했을 수도 있고, 어머니가 일찍 돌아가셔서 성장기에 사랑을 상실한 경험이 있을 수도 있어요. 그런 까닭에 늘 어떤 사람을 쉽게 좋아하고 또 금방 그만두는 거예요. 이 여자, 저 여자 좋아하긴 해도 마음을 다 못 주는 것은 상대에게 버려질지도 모른다는 두려움과 의심 때문이에요. 그래서 한 사람을 꾸준히 좋아하지 못하고 자꾸 옮겨가는 겁니다.

만약 이런 상태에서 결혼을 했다 하더라도 아내가 진실하게 남편을 사랑하면 괜찮아집니다. 남편의 상처를 이해하고, 부모가 자식을 지켜보듯이 늘 불쌍히 여기고 어여쁘게 생각하면 '내 아내는 반석처럼 흔들리지 않는다.'라고 믿게 됩니다. 이때 병은 저절로 낫게 돼요.

또 평소에는 얌전하다가 술만 먹으면 말이 많아지고, 주정을 하는 사람들이 있어요. 이런 사람은 분별심이 굉장히 많아요. 옳고 그름에 대해 굉장히 따지는데, 다만 말을 안 할 뿐입니다. 밖에서는 이런 사람을 점잖다고 표현합니다. 그런데 술만 먹으면 무의식의 세계에 빠져 버립니다. 그러다 막혔던 말문이 터지면 온갖 얘기를 합니다. 술 안 먹었을 때와 술 먹었을 때가 완전히 달라지면서 고장 난 테이프처럼 같은 말을 반복합니다.

문제를 잘 풀고 싶다면 이런 상황을 잘 이해하여 남편의 문제를 어떻게 도와줄지 고민해야 합니다. 예를 들어 남편이 술 먹고 주정한다면 "여보, 다 얘기하세요. 내가 들어줄게요." 이렇게 관심을 가져 주면 좋습니다. 이런 방식으로 몇 차례 도와주면 맺혔던 것이 풀어집니다. 무의식의 세계에 억압되어 있던 것이 갈수록 세력이 약해집니다.

그런데 술 먹고 주정한다고 되받아서 "또 그 소리야!" 이러면서 휙 나가 버리면 상대는 폭력으로 나옵니다. 어릴 때는 힘이 약하니까 억압을 당해도 참았지만, 이제 자식이나 아내보다는 자기가 힘이 세니까 참지 않게 됩니다. 그래서 거꾸로 억압에 대항해 폭력적으로 나오는 거예요.

상대를 사랑해서 만났다면 좋은 것만 가지려 할 게 아니라, 상대의 상처도 치유해 줄 줄 알아야 합니다. 헤어질 때 헤어지더라도 치료해 놓고 가는 게 좋잖아요. 이것이 인연을 귀하게 여기고 매듭을 잘 푸는 마음 자세입니다.

넷

행 복 한
인 연 짓 는
마 음 의
법   칙

무지, 만병의 근원

　누구나 결혼할 때는 행복할 거라고 생각하고 결혼합니다. 그런데 살다 보면 행복하기만 합니까? 행복하기는커녕 결혼이 불행의 원인이 되기 쉽습니다. 배우자가 나에게 행복을 가져다 주는 사람이 아니라 오히려 원수가 되기 쉽습니다.

　자식을 낳았을 때도 그렇습니다. 내 자식은 공부도 잘하고 건강하고 말도 잘 들을 줄 알았는데 실제로 키워 보면 어떻습니까? 반대인 경우가 더 많습니다. 오히려 자식 때문에 온갖 괴로움을 겪어요. 그래서 자식도 원수가 되곤 합니다. 좋아서 결혼했고, 좋아서 자식을 낳았는데, 좋아서 한 일이 왜 불행의 원인이 될까요?

　내가 누군가의 자식이 된 것은 내 선택이 아닙니다. 나도 모르게 어머니와 아버지 사이에서 태어났어요. 이건 내 선택이 아니니까 어쩔 수 없다고 하더라도 결혼은 내가 선택한 것입니다. 중매로든 연애로든 결혼을 했다면 최종적으로 선택을 한 것은 바로 나 자신이에요. 자식을 낳은 것도 어떻게 하다 보니 낳았다 하더라도 결국 최종 결정은 내가 내린 겁니다. 이 두 가지에 대한 책임은 자기 자신에게 있어요.

그런데 우리가 원한 건 이런 상황이 아니었을 거예요. 불행하기를 원한 건 아니었잖아요. 행복하고 싶어서 고민 끝에 선택했는데, 결과는 오히려 불행을 가져오게 됐습니다. 이런 경우에는 '나한테 무슨 문제가 있는지'를 살펴봐야 합니다. 그런데 아무리 봐도 '나는 아무 문제가 없다.'는 생각이 드니까 화살이 남편과 자식에게 돌아가는 겁니다.

'이 인간이 문제야', '자식 놈이 문제야.' 이러면서 남편을 탓하고 자식을 탓합니다.

'왜 하필 저 인간을 만났을까.' 설령 상대가 문제라고 하더라도 그 사람을 선택한 내 책임이 있는 거잖아요? 이 책임도 지기 싫은 거예요.

자식의 경우 낳아서 키운 책임이 내게 있는데도 이 책임마저 안 지려다 보니 심지어 이런 생각까지 하게 됩니다.

'어쩌다 저런 자식을 낳았나!'

절에 다니는 사람은 어떤 생각을 할까요?

'전생에 내가 무슨 죄를 지었나!'

이렇게 전생 타령을 합니다. 이런 생각을 하게 된 배경에는 책임을 회피하려는 마음이 있습니다. 전생도 내 문제이긴 하지만 내가 모르는 일이거든요. 설령 내가 결정했다고 하더라도 모르고 했으니까 진짜 내 책임은 아니라는 생각이 짙게 깔려 있습니다. 이런 식으로 자기 생각에 사로잡히면 진실이 안 보입니다. 그래서 부처님께서는 이렇게 말씀하셨어요.

"눈 있는 자, 와서 보라."

눈만 뜨면 다 알 수 있는 일이라는 거예요. 딱 보면 알 수 있습니다. 그런데도 모른다는 거예요. 왜일까요? 눈을 감고 있기 때문입니다. 그래서 벌건 대낮에 "어둡다. 불을 켜라." 이렇게 말합니다. 눈을 감고 있어서 아무리 불을 밝혀도 주위는 결코 밝아지지 않습니다. 우리는 괴롭다고, 복을 달라고 아우성을 치지만 결코 행복해질 수가 없어요. 눈을 감고 있으면서 무조건 복을 달라고만 해요. 복을 아무리 내려 줘도 복을 안 준다고 또 아우성을 쳐요. 알고 봤더니 바가지를 거꾸로 들고 있는 거예요. 이런 까닭에 복이 안 담기는 겁니다. 하루 종일 서서 복 달라고 빌어도 담기지 않는 거예요. 욕심도 많아서 큰 바가지를 가져왔는데 거꾸로 들고 있는 탓에 다 흘려버리는 겁니다. 이것을 《반야심경》에서는 '전도몽상(顚倒夢想)'이라고 해요. '전도'란 마음이 뒤집어졌다, 생각이 거꾸로 됐다는 말이에요.

물고기가 낚싯밥을 무는 것도 제 딴에는 잘했다고 한 일이죠? 결혼도 이와 비슷합니다. 결혼하면 좋을 줄 알고 했더니, 먹음직스러워 보여서 덥석 물었더니 쥐약을 먹은 거예요. 애 낳으면 좋을 줄 알고 낳았더니 이것도 괴로움이에요.

이것은 사주 탓도, 전생 탓도, 하느님 탓도 아니에요. 오직 나 자신이 무지했기 때문이에요. 내가 잘못 안 거예요. 없는 걸 있는 것처럼 착각했던 겁니다. 몽상, 즉 꿈속에 있었던 거예요.

강도에게 쫓기는 꿈을 꿀 때 쫓길 필요가 있어요? 없잖아요. 어떻게 하면 되나요? 눈만 뜨면 돼요. 도망갈 이유가 없어요. 그런데 밤새도록 도망 다니잖아요. 푹신한 이불 속에 누워서 밤새도록 괴롭다고 아우성치는데 그걸 누가 해결해 줄 수 있겠어요? 거실에서 자고 있는 사람이 추워서 떨고 있으면 방 안에 들여보내 주면 해결되지만, 이불 속에서 악몽을 꾸고 있는 사람은 어떻게 도와줘요? 달리 방법이 없어요. 그저 스스로 눈을 뜨는 수밖에요.

어떤 환영에 사로잡히거나 꿈속에서 도망 다니는 것처럼, 우리는 자기 생각에 갇힌 채 망상 속에 삽니다. 다른 사람이 볼 때는 아닌데 자기는 그렇다고 판단해 버리니까 자기 눈에는 이것이 진실인 것처럼 보이는 거예요. 이걸 허상, 착각이라고 하는데 꿈과 같다 해서 '몽상'이라고도 해요.

진리라는 것이 거창한 게 아닙니다. 나와 상관없이 멀리 떨어져 있는 것이 아니에요. 지금의 상황을 있는 그대로 정확하게 아는 게 바로 진리입니다. 잘못했을 때 '아, 내가 잘못했네.' 하고 아는 게 진리입니다. 틀렸을 때 '아, 내가 틀렸네.' 하고 아는 게 진리예요.

진리를 멀리서 찾을 게 아니에요. 사실을 사실대로 아는 게 진리니까요. 어떤 것이든 사실을 사실대로 알면 아무런 병폐가 없습니다. 우리가 사실을 제대로 알지 못하기 때문에 온갖 병폐가 생깁니다. 모르는 것을 모르는 줄 알면 문제 될 게 없습니다. 모르면 어떻게 하면 돼요? 물어서 알면 돼요. 길도 모르는 건 문제가 안 됩니다. 물어서 알면 됩니다. 내가 모르는 줄 알면 항상 묻고 준비를 철저히 해서 찾아갑니다.

그런데 모르면서 아는 줄 착각할 때 문제가 생겨요. 자신이 안다고 생각하면 묻지를 않거든요. 그래서 병이 생기는 거예요. 무지가 모든 문제의 근원이라는 사실을 기억하세요.

운명은 어제의 습관에서 결정된다

어느 날 부처님께서 제자들과 길을 걷다가 새끼줄을 발견했습니다. 부처님께서 옆에 있던 제자에게 물었습니다.

"어디에 썼던 새끼줄인지 알겠느냐?"

"네, 생선을 엮었던 것입니다."

"그것을 어떻게 알았느냐?"

"비린내가 나기 때문입니다."

다시 길을 떠난 일행이 이번에는 종이를 발견했습니다. 부처님께서 다시 제자에게 물었습니다.

"이 종이는 어디에 썼던 것인지 알겠느냐?"

"네, 향을 쌌던 종이입니다."

"그것을 어떻게 알았느냐?"

"종이에서 향내가 납니다."

이렇듯 길거리에 버려진 새끼줄조차도 어디에 썼는지 흔적이 남습니다. 생선을 엮었던 새끼줄은 비린내가 배어서 며칠이 지나도 여전히 비린내가 납니다. 반면 향을 쌌던 종이는 버려진 지 며칠이 지났는데도 종이에 향내가 남아 향을 쌌던 종이라는 사실을 알 수가 있습니다.

인간도 이와 같이 흔적을 남기며 하루하루를 살아갑니다. 생선을 묶었던 새끼줄처럼 비린내가 나는 사람도 있고, 향을 쌌던 종이처럼 향내가 나는 사람도 있습니다. 지나간 인생은 다 흘러가 버린 줄 알지만 우리가 생각하고 말하고 행동하는 모든 것들이 고스란히 쌓이게 됩니다.

이처럼 쌓여서 누적된 것이 바로 각자의 카르마(업)입니다. 쉽게 말하면 습관이라고 할 수 있습니다. 몸과 마음에 밴 습관, 생각하고 행동하는 습관이지요. 또 다른 측면에서는 무의식이라고 부를 수도 있습니다.

몸과 마음에 어떤 습관이 생기면 행동을 하거나 말을 할 때 불쑥 튀어나옵니다. 가끔은 나도 모르게 튀어나온 말이나 행동에 스스로도 놀랍니다.

"왜 그랬지?"

"예, 저도 모르게 그랬습니다."

나도 모르게 그랬다, 무의식적으로 그랬다는 말은 다른 측면에서 보면 말하고 행동하는 순간에 무지했다, 앎이 없었다, 알아차림이 없었다는 뜻도 됩니다.

그렇다면 왜 그 순간에 알아차림이 없이 무지의 상태에서 행동하게 되었을까요? 지금까지 습관적으로 해온 것이 쌓여 자동적으로 이루어진 겁니다. 내가 알아차리지 못했고, 내가 깨어서 내 의지를 갖고 행동한 게 아니란 겁니다. 우리는 매순간 깨어 의지에 따라 행동하기보다는 습관적으로 살아갑니다. 무의식적으로 살아가는 거예요. 내 습관, 카르마가 삶의 주인이지 내 자신이 삶의 주인이 아닌 거예요.

이렇게 볼 때 내 운명이란 바로 카르마의 흐름이라 할 수 있어요. 내가 내 운명의 주인이 되지 못하고 운명의 흐름에 떠내려가는 존재에 불과해요. 바로 이런 존재를 중생이라고 합니다. 카르마의 흐름에 떠다니며 가을바람에 휘날리는 낙엽처럼 이리 뒹굴고 저리 뒹굴다 바람이 멈추면 어느 개울, 어느 골짜기에 떨어질지 모르는 존재예요. 이런 인생을 육도를 윤회한다고 말합니다.

내가 내 운명의 주인, 내가 내 삶의 주인이 되어야 합니다. 카르마가 주인이 되는 게 아니라 내가 주인이 되어야 해요. 습관적으로 사는 게 아니라 늘 깨어서 삶을 살아야 해요.

그런데 습관에도 좋은 습관과 나쁜 습관이 있어요. 나쁜 습관은 부처님의 비유대로 표현한다면 생선을 묶었던 새끼줄에서 비린내가 나는 것이라고 할 수 있어요. 좋은 습관은 향을 쌌던 종이에서 향내가 나는 것이라고 할 수 있지요. 당연한 얘기지만 나쁜 습관보다 좋은 습관을 많이 가지면 자유롭고 행복해지는 데 도움이 돼요.

우리의 인생은 계속 흘러갑니다. 그러나 내가 내 삶의 주인이 되지 못하고 습관적이고 무의식적으로 행동하면 우리의 운명은 이리저리 휘둘리며 괴로움 속에 살게 돼요. 마음의 눈을 뜨고 실상을 보세요. 이때 비로소 우리는 지혜로워지고, 인생의 괴로움에서 벗어날 수 있는 힘을 얻게 됩니다.

100만 원짜리 집의 행복

제가 아는 지방 세무서장까지 지낸 어떤 분이 자살을 했습니다. 당시 그 분의 재산이 100억쯤이었고, 주가 폭락으로 재산이 얼마 남지 않았다는 생각에 괴로워하다가 자살을 한 거예요. 미국에 사는 동생이 국내로 들어와 재산을 정리하고 보니 남은 재산이 10억쯤 되더랍니다. 보기에 따라서는 100억이던 재산이 10억밖에 남지 않게 되니 망했다고 할 수도 있겠죠.

또 다른 한 분은 젊은 시절 시골에서 서울로 올라와 도시 변두리에 살았어요. 보따리 장사도 하고 시장에서 물건도 팔면서 힘들게 살다가 고생 끝에 셋방을 얻었어요. 예전에는 방을 얻을 때 아이들이 많으면 주인이 싫어해서 늘 방을 얻으러 갈 때는 애가 없다 하고는 이사 가는 날, 엄마 치마꼬리 붙잡은 아이들을 데리고 들어가는 거예요. 방 얻을 때는 애들이 없다고 했다가 막상 이사 날에 주렁주

렁 달고 오니 주인도 화가 나죠. 아이들이 울고, 장난치고, 소란피우는 소리를 싫어하는 집주인은 월세 사는 동안 설움 쌓이도록 구박과 잔소리를 많이 했다고 합니다.

남의 집살이에 스트레스를 받다가 우연찮게 서울 교외, 변두리에 비닐하우스를 지었어요. 이제 남의 집이 아니라 자기 집이 생긴 거잖아요. 비록 비닐하우스지만 집을 지어 놓고 이사를 간 날 천하가 다 자기 것 같더래요. 더 이상 남의 눈치 볼 거 없고 아이들이 맘껏 떠들어도 괜찮으니까 말이에요.

100만 원짜리 집을 하나 지어 놓고는 천하가 내 것 같다는 사람도 있고, 10억을 남겨 놓고도 망했다고 자살하는 사람도 있는 게 이 세상살이입니다. 그래서 돈이 얼마나 있어야 부자인지 절대적인 기준은 없다고 말해요.

배고픈 사람은 문제 해결이 간단합니다. 단지 먹을 것만 주면 돼요. 돈도 얼마 안 들고 해결책도 아주 쉬워요. 그런데 너무 많이 먹어서 뚱뚱한 사람은 해결책이 별로 없어요. 치료하는 데 돈도 엄청나게 들고 굉장히 위험할 수 있어요. 지방제거 수술을 하다가 죽는 사람도 있어요. 사실 근본적인 치료는 간단할 수 있어요. 안 먹으면 해결이 되잖아요. 적게 먹으면 해결이 되는데 기존 습관을 못 고쳐서 병원까지 가는 거예요. 못 먹는 사람이 볼 때는 너무 먹어서 생긴 병을 치료하기는 아주 쉬울 것 같은데 실제로는 그렇지가 않습니다.

오늘날 우리가 겪고 있는 불행 병은 무슨 병하고 비슷할까요? 영양실조 병일까요, 아니면 비만 병일까요? 비만 병이에요. 이것은 치료하기가 굉장히 어려워요.

모두가 돈 때문에 죽겠다고 야단인데, 정말 돈이 없어서 그런가 하면 그렇지가 않습니다. 지금보다 더 가지려고 하는 마음이 크거나, 잘나가던 과거에 가졌던 것에 대한 미련 때문이에요.

오늘날 전 세계가 경제적으로 어렵다지만 그중 어느 나라가 가장 어려워요? 바로 미국이에요. 미국이 못살아서 어렵냐 하면 그렇지 않습니다. 소비 수준이 높다 보니 조금만 어려워져도 견디지 못하는 거예요. 중국도 어렵지만 중국 사람들은 원래 가난하게 살았기 때문에 크게 어려운 줄을 몰라요. 잘 살펴보면 가난한 나라 사람들은 훨씬 힘들어도 별 말이 없는데, 부자나라에 사는 사람들이 더 힘들다고 아우성이에요.

결국 우리 삶이 힘든 것은 경제 탓이 아니에요. 어렵다, 어렵다 해도 1980년대와 비교해 보면, 지금 타고 다니는 차가 그때 차보다 좋습니까, 안 좋습니까? 집이 좋아요, 나빠요? 수입이 많아요, 적어요? 그때도 행복하게 잘 살았는데 지금 죽는다고 난리예요. 힘들다고 하는데 그것은 절대적인 게 아니에요.

따라서 이 문제는 경제적인 측면에서 풀려고 하면 결코 풀 수 없어요. 그런데 지금은 경제 성장을 통해 모든 문제를 풀려고 해요. 경제 성장이 나쁘다는 게 아니라 돈으로 모든 문제를 해결하려는 것은 올바른 방법이 아니라는 거예요. 돈은 인생의 많은 부분 중에 일부분이지, 우리의 행복과 직결되는 것은 아니에요.

돈이 있으면 정말 행복할까요? 돈 좀 있다는 사람들을 만나 봐도 "스님, 저는 돈도 쓸 만큼 있고 해서 아무 걱정이 없습니다." 이렇게 말하는 사람을 아직 한 번도 본 적이 없어요. 남 보기에 돈이 좀 있다고 생각되는 사람도 그 사람 입장에서는 또 부족해요. 돈만 부족한 게 아니라 돈 이외에 다른 것들이 더 필요하다고 해요.

일단 돈이 좀 있으면 사람들은 지위를 높이려고 해요. 돈을 들여서라도 지위를 사려고 합니다. 돈 번다고 다가 아니잖아요? 그 다음은 높은 지위, 소위 말하는 권력을 탐합니다. 이제 돈이 있고, 권력도 있으니 거기서 끝이냐? 절대 아니에요.

유명한 야구선수, 인기 탤런트 분들의 상담을 자주 하는데, 이분들이 행복할 것 같지요? 아니에요. 인기가 올라갔다고 그게 계속됩니까? 아니에요. 아무리 인기가 높아도 몇 년 지나면 떨어지게 되어 있어요.

그런데 인기가 떨어질 때 감당을 못하는 거예요. 절망감, 좌절감이 말도 못하게 커요. 인기라는 게 영원하지 않다는 걸 알아도 막상 자신의 일이 되면 심각한 우울증에 빠지는 거예요.

미국 메이저리그에서 활약하는 유명한 야구선수들은 잘할 때는

개인 승용차를 타고 비행기도 비즈니스석만 타요. 그러다 2군으로 떨어지면 버스를 타고 움직여야 합니다. 우리가 생각하기에는 버스도 좋잖아요. 그런데 자가용만 타고 움직이다가 버스를 타면 모욕감과 수치심이 말할 수 없이 크다는 거예요.

우리가 볼 때는 아무런 문제도 안 되는데 당사자에게는 엄청난 고통이 되는 겁니다. 돈이 있으면 자가용을 타고 움직이면 되지 않느냐, 이렇게 생각할 수 있지만 그렇게 단순한 문제가 아니라는 거예요. 구단에서 어떤 대우를 해 주느냐는 자존심과 연결되는 거니까요.

그렇다면 돈, 권력, 명예, 인기만 있으면 될까요? 아니에요. 건강하지 않으면 소용없잖아요. 그리고 아무리 건강해도 빨리 죽으면 안 되잖아요. 그러다 보면 무병장수하기 위해서 애쓰게 됩니다. 이 정도면 끝날 거 같죠. 그런데 이게 끝이 아니에요. 자신이 소유한 것을 자손에게 남기고 싶어 해요. 그래서 자식이 더 잘되기를 바라는 거예요.

이것들을 다 갖춘 사람이 누구였겠어요? 진시황입니다. 그는 이 세상에서 권력 중에 제일 높은 권력을 쥐고 흔들었어요. 그의 무덤에서는 금과 은만 출토된 게 아니에요. 무덤 속에 흙을 구워 만든 말만 수천 마리가 된다고 합니다. 또 진시황이 돈, 권력, 명예를 얻은 다음에는 불로장생하기 위해 불로초를 찾았잖아요. 진시황은 스스로를 칭하여 "나는 진나라의 첫 번째 황제다."라고 했어요. 왕위에 황제를 둔 거예요. 그래서 자기가 첫 번째 황제가 된 거죠. 그게 바로 진시황제예요.

이후로 진시황은 만리장성도 쌓고 외부의 적에 대비했지만 아들 대에 가서 나라가 망했어요. 20년을 겨우 간 거예요.

영원한 건 없습니다. 그런데 우리는 아직도 돈만 있으면 문제가 해결될 거라고 착각해요. 하지만 실제로 돈이 있다고 해결될 일이 아니에요. 해결됐다고 생각할 수도 있지만 진짜 해결된 건 아니에요. 인기가 있으면 해결될 거라고 생각하지만 인기가 있다고 해결되는 것도 아니에요. 건강하다고 해결이 될 거 같지만 건강하다고 다 해결되는 것도 아니에요. 아들이 좋은 대학에 가면 해결이 될 것 같지만 그것도 해결책이 아닙니다. 행복이 이런 방식으로 가질 수 있는 게 아닌데도 우리는 착각을 하며 그것을 붙잡으려고 아등바등하고 있어요.

오늘 우리가 괴로워하는 것이 정말 무엇 때문인지를 진지하게 생각해 봐야 합니다.

다 이룬다고 좋은 것은 아니다

살다 보면 이런저런 일을 많이 겪게 됩니다. 예기치 못했던 일도 벌어지는데, 꼭 변덕스런 날씨 같습니다. 햇살이 쨍쨍 나다가 갑자기 먹구름이 몰려오고, 빗방울이 한두 방울 떨어지다가 폭우가 쏟아질 때도 있습니다. 반대로 비바람이 불고 천둥번개가 치다가 금방 맑아지기도 하지요. 비가 올 듯 말 듯하면서 오지 않고 흐릿한 날씨가 하루 종일 계속될 때도 있습니다. 이렇게 예측할 수 없는 날씨처럼 우리 인생에도 예기치 못했던 사건들이 생기곤 합니다.

결혼할 때 내 아내나 남편이 바람을 피울 거라고 생각이나 했습니까? 상상도 못 해봤잖아요. 그런데 살다 보면 그런 일도 생깁니다. 결혼할 때 이혼할 거라고 생각해 본 사람 있어요? 그런데 이혼하는 일도 벌어집니다. 애를 낳아 키울 때 내 아이들은 다 착하고 예쁘고 공부도 잘할 거라고 생각했는데, 공부 못하는 건 말할 것도 없고 말썽을 피우고 사고를 쳐서 자식 때문에 골머리를 앓는 경우도 허다합니다.

내가 자식을 낳으면 아주 예쁜 아이를 낳을 거라고 생각했는데 낳아보니까 장애아여서 낙담하기도 합니다. 사업을 시작할 때는 사업이 잘되어서 돈을 벌 게 될 거라고 생각했는데 벌기는커녕 있는 돈마저 까먹는 경우도 비일비재합니다. 내 돈만 까먹은 게 아니라 일가친척집까지 다 망하게 하는 경우도 있습니다. 또 평생직장일 거라고 철석같이 믿었는데 어느 날 날벼락처럼 회사를 그만두게 되는 일도 생깁니다.

비가 오면 오는 대로, 바람이 불면 부는 대로, 더우면 더운 대로 상황에 구애받지 않는 게 중요해요. 오늘 농약을 치려고 준비해 놨는데 갑자기 비가 오면 뒷밭에 고추모종을 내면 되고, 깨 옮겨 심으려고 준비해 놨는데 햇볕이 쨍쨍 내리쬐면 논둑의 풀을 베든지 농약을 치면 돼요. 또 비가 오면 우산을 쓰면 되고, 많이 오면 비옷을 입으면 되고, 너무 많이 오면 외출을 삼가고 집안일을 하면 됩니다. 이렇게 날씨에 관계없이 우리가 대응할 수 있는 계획을 세우는 게 훨씬 더 현명한 방법이에요.

옛날 사람들은 비가 많이 오면 오지 말라고 하늘에 제사를 지냈고, 비가 안 오면 기우제를 지냈습니다. 그런데 오늘날 우리는 이런 기후변화들을 예측해서 가뭄에 대비해 댐을 막고, 지하수를 파고,

홍수에 대비해 둑을 쌓았어요. 이렇게 자연재해에 대응해 가고 있습니다. 자연재해에 완벽한 방비책을 마련한 정도는 아니지만, 그래도 옛날과 비교해 보면 훨씬 더 자유로워진 것은 사실이에요.

제가 어릴 때만 해도 매년 가뭄 아니면 홍수 피해가 되풀이됐어요. 그런데 요즘은 10년 만에 한 번 닥칠까 말까 하는 홍수나 가뭄이 아닌 이상 큰 피해는 없습니다. 요즘 일기가 순조로워서 그럴까요? 아닙니다. 요즘이 옛날보다 기후변화가 훨씬 더 심해요. 피해를 줄일 수 있게 된 것은 인간이 그에 대응하는 힘을 키웠기 때문입니다.

우리 인생도 마찬가지예요. 애는 공부 잘하고, 남편은 일찍 들어오고, 아내는 순종하고, 세상 사람들은 나를 칭찬하기를 바랍니다. 늘 좋은 일만 일어나기를 빌면 우리의 인생 문제가 해결될까요?

원하는 것이 이루어지지 않을 때 짜증나고 괴롭죠? 그런데 사람이 원하는 걸 다 이룰 수 있습니까? 원하는 게 다 이루어질 수는 없어요. 아들딸을 모두 서울대학교에 보내고 싶죠? 하지만 수험생들이 모두 서울대학교에 가면 나라가 잘될까요? 모든 수험생이 서울대학교에 들어갈 수도 없지만, 다 들어간다고 해서 다 좋은 것도 아니에요.

한 남자가 인물이 잘났다고 여자들이 그 남자하고만 연애를 하고, 한 여자가 아름답다고 남자들이 다 그 여자하고만 결혼하고 싶어 해서 다 뜻대로 성취되면 좋은가요? 아니에요. 우리가 원하는 것이 다 이루어지면 오히려 세상이 복잡해져요. 세상이 이만큼이라도 굴러가는 것은 여러분이 원하는 게 다 이루어지지는 않았기 때문이에요.

원하는 게 안 이루어질 때 뭐라고 해야 합니까? "고맙습니다."라고 해야 합니다. 다 오래 살고 싶죠? 그렇다고 모두 5백 년, 천 년씩 살면 어떻게 될까요? 모든 세상 사람들이 그렇게 오래 살면 문제잖아요. 이 세상 모든 아이들이 공부 안 하고 기도만 해서 서울대학교 들어간다면 잘된 거예요, 아니에요? 아니잖아요.

남을 보면 자기의 어리석음은 금방 알 수 있어요. 그런데 자기만 보고 있으면 안 보여요. 그래서 여러분이 아무리 목매고 기도해도 안 이루어지는 게 있어요. 이루어지지 않으면 문제인가요? 아니에요. 이루어지지 않아도 아무런 문제가 없어요. 다 이루어질 수도 없고, 다 이루어진다고 좋은 것도 아닌데 다 이루어져야 좋다고 생각하는 데서 인생의 고통이 생기는 거예요.

이런 까닭에 여러분이 괴로움에서 못 벗어나는 겁니다. 원하는 것을 해보고, 되면 좋고 안 되어도 좋다고 생각하세요. 지금 안 되는 게 나중을 생각하면 더 좋은 일인지도 몰라요.

상담을 하다 보면 묘하게 상황이 이어질 때가 있어요.

"스님, 애 때문에 힘들어 죽겠어요."

"왜요?"

"항상 일등만 하다가 일등을 놓쳤어요."

"몇 등을 했는데요?"

"2등, 3등이요. 계속 그래요. 속상해서 못살겠어요."

조금 있다가 또 다른 엄마가 와서 이럽니다.

"아이고, 애가 5등 안에만 들었으면 좋겠는데 못 들어가네요."

또 조금 있다가 다른 사람이 들어와요.

"애가 반에서 중간만이라도 했으면 좋겠어요."

그 다음은 어떤 고민일까요?

"학교만 좀 다녔으면 좋겠는데, 애가 학교를 안 가요."

또 다른 엄마가 조금 있다가 들어오면 뭐라고 하는 줄 알아요?

"문제만 안 일으키면 좋겠어요. 학교에는 다니든지 말든지."

애가 사고 쳐서 감옥에 가야 되는 상황이에요. 그러니 학교 가는 게 문제가 아니죠.

그런데 이 정도에서 끝이 아닙니다. 그 다음 사람이 들어와서 또 이럽니다.

"아이고, 그래도 그 아이는 살아 있잖아요."

아들을 잃은 부모의 한탄이지요. 사람들의 고민을 이어서 들어 보니 어때요? 고민이 끝이 없잖아요. 끝이 안 납니다.

만약 자식이 반에서 5등 안에 못 들어가면, '그래도 중간 이상은 하는구나.' 생각하고, 성적이 중간이면 '꼴지는 아니잖아.', 꼴찌라해도 '학교는 착실하게 다니잖아.'라고 생각하세요. 학교 안 가겠다고 하면 사고 쳐서 감옥 가 있는 애들도 있다는 사실을 기억하세요. 달리 생각해 보면 학교 안 다니는 아이들은 이런 문제 외에는 착하잖아요. 그래도 죽지 않고 살아 있잖아요.

1980년대에 한 학생이 시위를 하다가 감옥에 갔어요. 이 어머니가 매일매일 '제발 감옥에서 빨리 나오게 해 달라.'고 기도를 했어요. 그리고 실제로 1심에서 집행유예로 석방이 된 거예요. 어머니가 정말 좋아했어요. 그런데 나와서 3개월 만에 교통사고가 나서 아들이 세상을 떠났어요. 이때 어머니가 저를 붙잡고 하시는 말씀이 뭔 줄 알아요?

"그냥 감옥에 있었으면 죽지는 않았을걸. 내가 기도해서 꺼냈으니 내가 죽인 거야."

이러면서 통곡을 했어요.

우리는 한 치 앞을 못 봐요. 무언가를 간절히 원할 때 그렇게 되면 좋은지, 안 좋은지 잘 모르면서 무조건 매달려요. 우리가 기도하는 것이 이루어지는지 아닌지 따지기 전에 그게 이루어지면 정말 좋은지, 나쁜지를 먼저 알아야 해요. 소원을 이루면 정말로 좋을까요? 알 수 없어요. 그냥 최선을 다할 뿐이에요. 되고 안 되고는 중요한 게 아니에요.

우리의 인생에는 이런 일도 일어나고 저런 일도 일어나요. 정말 예상하지 못했던 일들이 일어납니다. 갑자기 가족 중에 누가 죽기도 하고, 사업이 부도가 나기도 하고, 몸에 병이 나기도 합니다. 본인은 예기치 못한 일이라고 하지만 인생 전체로 보면 늘 일어나고 있는 일이에요.

병원에 가면 늘 환자가 들끓고, 장례식장에 가 보면 매일 죽는 사람이 수도 없이 많아요. 이런 조건에서도 아프면 아픈 대로, 가족 중 누군가 사망하면 이것 또한 자연의 이치로 받아들이는 겁니다. 순간적으로는 슬프지만 슬픔에만 빠져 있지 않고, 실패하면 그 실패를 딛고 다시 일어나는 거예요. 이처럼 상황과 조건에 구애받지 않는 삶이 아무런 일도 일어나지 않기를 바라는 것보다 훨씬 더 자유롭고 행복합니다.

살다 보면 원하는 것이 있는데 이것이 이루어질 때도 있고, 안 이루어질 때도 있어요. 이때 안 이루어진다고 괴로워할 이유가 없어요. 안 이루어지면 어떻게 하면 됩니까? 다시 시도하면 돼요. 또 안 되면 어떻게 하면 될까요? 다시 시도하면 돼요. 그래도 안 되면 어떻게 할까요? 안 하면 됩니다. 그래도 하고 싶으면 어떻게 할까요? 또 하면 됩니다.

그냥 하면 돼요. 어차피 한 번에 성공하면 다른 일을 또 해야 하지 않습니까? 결국 그 시간에 열 가지를 하든, 하나를 갖고 열 번 하든 인생은 똑같아요. 높은 고개를 한 번 넘으나 작은 고개를 열 번 넘으나 어차피 똑같은 높이를 올라가는 거예요.

따라서 되고 안 되고는 별로 중요한 게 아니에요. 무조건 되어야 한다고 생각하기 때문에 인생이 괴로운 겁니다. 세상일은 다 될 수도 없고, 된다고 좋은 것도 아니에요.

이 진리를 제대로 알게 되면 예기치 않은 일이 생겨도 현명하게 대처할 수 있어요.

힘들 때는 무조건 쉬어라

미국에서 박사 과정을 마치고 논문을 쓰려던 학생이 있었어요. 학생을 만나 얘기를 나눠 보니 거의 정신질환 수준이었어요. 심리 불안 증세가 심각해서 그대로 놔 두면 완전히 미쳐 버릴 정도였어요. 학생에게 당장 공부를 그만두라고 했어요. 그러자 그 학생이 깜짝 놀라며 "여기까지 왔는데 어떻게 지금 그만둡니까?" 하는 거예요.

"박사학위가 뭐 그리 중요하냐. 생명이 중요하지. 당장 그만둬."

딱 잘라 조언을 해주니까 이 학생이 고민 끝에 공부를 그만두었어요. 그만큼 본인이 정신적으로 힘들기도 했던 거죠. 그리고 한국에 들어와 귀농했는데, 지금은 시골에서 농사짓고 잘 삽니다. 아이를 셋인가 낳고 건강하게 잘 살아요.

이런 경우에 서울대 교수 노릇하면서 정신질환으로 고생하는 게 나아요, 시골에 가서 농사지으며 건강한 게 나아요? 어느 쪽이 낫습니까?

특목고에 들어간 고등학교 1학년 학생이 학업에 대한 불안감과 우울증 증세 때문에 힘들어 했어요. 이 학생에게는 휴학을 권했습니다. 그것도 1년이 아니라 한 3년쯤 푹 쉬라고 말입니다.

아들을 특목고까지 보내 놨는데 휴학하라고 하니까 그 집에서는 아들 인생이 완전히 끝난 것처럼 난리가 났어요. 하지만 정신병자 아들보다는 대학 안 가도 건강한 아들이 훨씬 낫잖아요. 일단 사람이 살아야 학업도 할 수 있는 거예요.

신체적으로 팔 하나 없고, 다리 하나 없는 것은 크게 문제가 안 됩니다. 수행을 해서 마음의 중심을 잡으면 돼요. 그런데 정신적으로 결함이 생기면 치료법이 없습니다. 치료법이 없다는 말은 정신병을 치료할 수 없다는 말이 아니라, 일단 발병하면 해결하기가 굉장히 어렵다는 뜻이에요.

가족 구성원 중에 정신질환이 있으면 가족 간에도 갈등이 심해집니다. 팔이 하나 없거나 다리가 하나 없거나 육체적으로 몸이 아프면 옆에서 불쌍히 여겨 간호를 해줍니다. 그런데 정신적 결함은 겉보기에는 멀쩡하잖아요. 이런 까닭에 가족도 처음에는 조금 불쌍하게 여기다가 몸도 멀쩡한데 자꾸 이상한 행동을 하니까 짜증이 나는 거예요. 이러다 보면 집안에 갈등이 생깁니다.

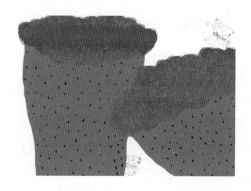

몸이 아픈 것처럼, 정신적으로 문제가 있는 것도 하나의 병이에요. 숨길 일이 아니라 전문가에게 진찰을 받아 치료를 해야 합니다. "신경이 과민해서 제정신이 아니다." 할 정도가 되면 이미 상담만으로는 해결이 안 됩니다. 상담은 자기 정신의 주체가 있어야 하는 거예요. 이때는 먼저 약물 치료를 통해서 신경을 안정시킨 다음 제정신이 돌아올 때 수행이든 상담이든 해야 해요.

도둑질하고, 바람피우고, 거짓말하고, 욕설하고, 못된 짓을 하는 것은 치료하기가 쉽습니다. 이런 행동은 무지 때문에 일어나는 것이기 때문에 무지만 깨우치면 금방 바뀔 수 있어요. 하지만 우울증, 정신분열증, 신경쇠약 등과 같이 정신에 문제가 생긴 사람은 법문을 듣는 것만으로는 해결할 수가 없어요. 깨치기도 전에 스스로 감당하지 못해 미쳐 버립니다.

선방에서 보면 정신이 약한 사람이 너무 지나치게 정진하다가 미쳐버린 사람들이 있습니다. 이런 사람들은 먼저 신경을 안정시켜 줘야 해요. 압박을 하면 안 됩니다. 깨달음이라는 것은 굉장한 정신적 압박을 거쳐야 하기 때문에 화두를 들다 보면 가슴이 답답해집니다. 사전을 찾아도 알 수가 없고, 경전을 봐도 알 수가 없는 문제예요. '나는 누구인가?' 하는 것을 계속 물어 들어가면 모든 알음알이, 아는 게 다 끊어지기 때문에 어느 순간 아무것도 알 수 없이 꽉 막히게 됩니다. 이렇게 집중이 될 때 무지가 깨지면서 새로운 세상이 열린단 말이에요.

그런데 이런 과정을 거치려면 정신력이 굉장히 강해야 해요. 적어도 평균 정신력은 되어야 화두선을 할 수 있어요. 정신이 약한 사람은 하면 안 돼요. 체력이 어느 정도 되는 사람이 운동을 하면 아주 강인해지지만, 신체가 약한 사람에게 운동을 무리하게 시키면 오히려 몸이 상합니다. 이런 사람은 먼저 보약을 먹여 신체를 보완하듯이 정신이 허약한 사람은 일단 정신을 보살펴 줘야 해요.

정신이 약한 사람은 상담할 때도 조심해야 합니다. 문제를 지적하는 상담을 하면 안 돼요. 우선 얘기를 들어주고, 위로해 주고, 편안하게 지내도록 도와줘야 합니다. 긴장된 신경이 어느 정도 풀어져 마음의 안정을 얻은 다음에 다시 정진하도록 보살펴야 해요.

정신이 많이 허약할 때는 무조건 쉬어야 해요. 이때는 육체노동을 한 후 잠을 푹 자는 게 좋아요. 잠을 푹 자야 신경이 쉴 수 있어요. 그런데 이런 사람일수록 또 깊은 잠을 못 잡니다. 늘 반쯤 꿈꾸는 상태로 자거나, 심하면 불면증에 시달려요. 이럴 때는 병원에 가서 일단 신경안정제를 먹고 치료를 받아야 합니다. 이런 사람들은 또 제가 "마음을 안정시켜라." 하면 안정시켜야 한다는 번뇌를 갖습니다. '어떻게 마음을 안정시켜야 할까? 왜 나는 마음이 안정이 안 될까?' 이렇게 고민합니다.

이때는 두 가지 방법이 있습니다. 첫 번째 방법은 육체적으로 피곤하게 한 다음 쉬고, 다시 피곤하게 하고 푹 쉬는 생활을 반복하는 거예요. 다른 하나는 주력(呪力)을 하는 게 좋아요. 편안히 앉아 계속 '옴마니반메훔'만 외운다든지 '관세음보살'만 염불하는 겁니다. 하지만 이 방법도 신경이 너무 예민한 사람에게는 안 좋습니다.

옛날 같으면 절에 보내서 행자 노릇을 하게 했어요. 행자 생활을 하면 제일 좋습니다. 새벽부터 일어나 시키는 일들을 정신없이 하고 나면, 저녁에는 쓰러져서 귀신이 업어 가도 모를 정도로 자거든요. 그리고 새벽에 일어나 일하고, 밤이 되면 또 정신없이 자는 생활을 하면 병이 금방 나아요.

그런데 요즘은 절이 아무리 산골에 있어도 복잡해요. 옛날 산속에 있는 절하고는 다릅니다. 요즘은 절도 세상의 일부가 되어서 요양하기가 쉽지는 않습니다. 그래도 편안하게 쉬고 단순노동하면서 정신건강을 먼저 회복하는 게 우선입니다.

학교는 쉬었다가 1년에서 2년 또는 3년 뒤에 복학해도 됩니다. 정신력만 강하면 학교 안 다녀도 아무런 문제가 없어요. 세상일이 뜬구름 같은 줄을 알아야 하는데, 세상에 태어나서 이렇게 사는 것 말고 본 게 없기 때문에 부모가 자식을 미련스럽게 잡는 겁니다.

부모에서 자녀까지 이어지는
심리적 대물림

"쟤는 누구를 닮아서 저러냐?"

아이들이 말을 잘 안 들을 때 어른들이 흔히 하는 말입니다.

이때 아이라는 존재의 성질이 어떤가를 알아야 합니다. 아이의
몸은 엄마, 아빠를 절반씩 닮아요. 그러나 마음이나 성질은 90퍼센
트 엄마를 닮습니다.

아이의 성질 자체가 '물드는 존재'입니다. 다시 말하면 모방하
는 존재, 따라 배우는 존재예요. '맹모삼천지교'라는 말이 있습니
다. 애가 저잣거리에 사니까 장사하는 것을 배우고, 대장간 옆에 가
면 대장간 놀이를 하고, 서당 옆으로 이사를 가니 글공부를 한다,
이렇게 따라 배운다는 얘기예요.

한국에서 키우면 한국말 하고, 미국에서 키우면 영어 하고, 일본
에서 키우면 일본말 하고, 경상도에서 키우면 경상도 사투리 쓰고,

전라도에서 키우면 전라도 사투리를 사용해요. 뭐든지 그대로 따라 물드는 존재예요.

아이는 엄마를 따라 배우는데, 엄마가 뭐예요? 기른 사람을 엄마라고 그래요. 낳은 이가 아니고 기른 이를 엄마라 합니다. 만약 애를 낳자마자 유모한테 맡기면 아이의 심성은 누구를 닮겠어요? 유모를 닮아요. 만약 아이가 태어나자마자 할머니가 키웠으면 할머니가 엄마가 되는 거예요. 아이의 정신적 모체는 할머니가 되는 겁니다. 또 아빠가 업어 키웠다면 아빠가 엄마가 되는 거예요. 그런데 대부분은 생모가 아이를 키우죠. 그래서 보통은 아이가 엄마를 그대로 따라 배우게 됩니다.

아기가 배 속에 있을 때 엄마가 얼마나 마음이 편안했는지는 아이의 정신적인 문제에 영향을 미칩니다.아기를 낳은 다음에는 세 살이 될 때까지 엄마의 심리상태나 행동양식이 어땠느냐에 따라 아이의 심리상태가 전적으로 결정됩니다. 이 시기에 아이의 자아가 형성돼요. 이때 형성된 자의식은 죽을 때까지 잘 안 바뀝니다. 그래서 옛날부터 뭐라고 그랬어요? '세 살 버릇 여든까지 간다.'고 했잖아요. 공부를 잘하느냐 못하느냐, 이런 것은 나중에 배우는 문제고, 심성이 어떻게 형성되느냐는 초기에 엄마의 영향을 크게 받아요.

주변에 공부를 잘하고 재능과 능력은 아주 뛰어나지만 심리가 불안하고, 노이로제에 걸린 사람들이 있죠? 아주 유명한 사람 중에도 그렇고, 정치인, 예술가 중에도 늘 심리불안으로 괴로워하는 사람들이 있어요. 이런 사람들은 부모로부터 정서적 영향을 받은 거예요. 물론 세상에 나와서 여러 가지 난관을 겪는 경우도 있지만, 어머니 배 속에 있을 때와 태어나서 세 살 때까지가 가장 중요합니다.

여러분이 아이를 낳는다면, 적어도 세 살 때까지는 주요 양육자가 전적으로 맡아 아이를 키워야 합니다. 일반적으로 엄마가 되겠지요. 이런저런 이유로 아이를 내팽개쳐 놓고 아이가 사춘기가 되어 문제가 생기면 그때야 수선을 피우는데, 이때는 좀 늦습니다. 오히려 문제가 악화돼요. 또 자식이 바른 마음가짐을 갖게 하려면 엄마가 아이에게 전적으로 집중해야 해요. 이때 엄마의 심리 상태가 편안해야 합니다. 아빠는 부차적 존재예요.

그렇다면 아빠가 아이에게 할 수 있는 건 뭘까요? 아내에게 한결같이 잘해서 엄마를 편안하게 해주는 거예요. 손자가 잘되게 하려면 시어머니는 며느리에게 잘함으로써 간접적으로 손자가 잘되도록 해야 합니다.

하지만 근본적으로 아이에 관한 책임은 엄마에게 있습니다. 주변을 핑계 삼지 마세요. 남편과 시어머니 그리고 세상이 어떻게 돌아가든 엄마가 아이를 잘 보호해 주면 아무런 문제가 없어요.

네 살부터 초등학생 때까지는 아이들이 주로 따라 배우기를 합니다. 뭐든지 쉽게 배웁니다. 보는 그대로 흉내를 내요. 따라서 아이를 검소하게 키우고 싶다면 엄마 아빠가 검소하게 살아야 해요. 또 예의 바르고 순종하는 아이로 키우고 싶다면 부모가 그런 모습을 보여 주어야 합니다.

아이들을 당당하게 키우고 싶다면 엄마의 심리가 불안하지 않고, 항상 자세가 당당해야 합니다. 그때 비로소 아이도 당당해져요. 어릴 때부터 종의 습성을 들이면 비굴해지고, 양반의 습성을 들이면 당당해지는 것과 같아요. 이런 특성은 길들이는 데서 오는 문제지 태생적으로 타고나는 문제는 아니에요.

이런 이치를 잘 안다면 아이에게 이래라, 저래라 할 게 없어요. 말보다는 행동으로 보여 주는 게 낫습니다. 아빠가 욕을 하면서 애한테는 욕하지 말라고 하면 안 됩니다. 아빠가 늦게 들어오면서 애한테 "일찍 들어와라." 이래도 안 돼요. 그러면 아빠가 집에 없는 날은 늦게 들어옵니다. 아이들을 키울 때는 부모가 모범을 보여 주는 게 최고의 육아법이란 사실을 기억하세요.

긍정의 마음, 미래를 바꾼다

　부모가 불화가 있고 화도 잘 낸다, 그 속에서 자란 나도 마음이 불안하고 화를 잘 낸다, 이런 것들이 이어져서 내 자식도 화를 잘 내게 됩니다. 이것을 카르마라고 합니다. 대를 이어서 카르마가 이어져 내려가는 거예요.

　육체는 유전자가 대를 이어서 내려갑니다. 습관도 대를 이어 내려가요. 어머니가 위암 환자면 자녀들이 위암에 걸릴 확률이 높습니다. 이것은 유전자 때문이 아니라, 먹는 습관, 즉 음식의 짠 정도나 음식을 빨리 먹는 습관이 이어지기 때문이에요.

　만약 내가 남편을 아주 미워한다. 정신적으로 미워하는 것뿐만 아니라 육체적으로까지 거부 반응을 일으킨다면 어떻게 될까요? 남편이 몸에 손을 댈 때 몸이 경련을 일으킬 정도로 심리적으로 싫다면 자기 몸에도 이상이 올 확률이 높습니다.

스트레스가 생기면 우리 몸에 나쁜 파장이 일어납니다. 스트레스 가운데 핵심이 미움과 증오예요. 미움은 몸에 굉장히 안 좋습니다. 슬픔도 마음을 가라앉게 하잖아요. 슬퍼하는 것도 건강에 안 좋아요. 초조와 불안도 좋지 않아요. 심리가 이렇게 부정적인 것을 괴로움이라고 부릅니다. 미워한다든지, 불안해 한다든지, 슬프다든지 이런 것들은 한마디로 인생이 괴롭다는 겁니다.

이런 감정들은 건강을 크게 해치고, 함께 사는 사람들에게도 전염병처럼 퍼져나갑니다. 특히 자녀들에게는 전이가 되죠. 이때는 자기 대에서 끊어 줘야 합니다. 화내는 습관도 잘 살펴서 자녀들이 물려받지 않도록 노력해야 해요.

아이가 여섯 살, 여덟 살쯤 되면 이미 이런 습성을 다 물려받게 돼요. 씨앗이 형성되는 거예요. 당장은 큰 문제가 안 되지만 사춘기가 지나면서 발병을 하고, 2차 발병은 결혼하면 일어납니다. 한꺼번에 나타나는 게 아니에요.

지금 배우면 지금 따라 하는 게 있고, 잠복했다가 어느 시기에 나타나는 게 있어요. 정신 이상은 주로 사춘기에 나타납니다. 어린 애가 어릴 때 심리적 충격을 받았다면 대여섯 살에 정신이상을 일으키는 것은 아주 극소수고, 대부분 사춘기 때 나타나기 시작합니다. 입시의 압박을 받거나 연애하다 실패하거나 군대에 가서 압박을 받거나 하면 약한 고리가 끊어지면서 발병하기 시작해요.

우리는 이 인과법을 모르니까 연애 때문에 그렇다, 친구를 잘못 사귀어서 그렇다, 입시의 압박 때문에 그렇다, 군대에서 맞아서 그렇다고 말합니다. 그러나 맞는다고 다 정신질환이 생기지는 않습니다. 이런 약한 고리가 경계에 부딪치면서 발병하게 되는 거예요. 따라서 결혼을 해서 자식을 키우는 엄마라면 최우선으로 자녀를 보호해야 합니다. 그러자면 지금부터 마음이 편안해야 합니다.

아내를 불편하게 하는 마음은 주로 어디에서 올까요? 바로 남편입니다. 남편에게 불만이 없어야만 아내의 마음이 편안해질 수가 있어요. 하지만 잘 살펴보면 남편을 고쳐서 자기 불만을 해소하기는 어려워요. 고치려고 하면 할수록 싸움이 더 커질 뿐이에요. 그러다 보면 불만은 더 커질 수밖에 없어요. 이때 남편을 긍정적으로 보는 노력이 필요합니다.

남편이 술 먹고 늦게 와도 긍정적으로 보는 겁니다. 남편이 잘했다는 게 아니에요. 단지 긍정적으로 보라는 얘기예요. 만약 남편이 12시에 들어오면 '그래, 새벽 2시에 들어온 것보다 낫다'고 생각하는 겁니다. 만약 새벽 2시에 들어오면 새벽 4시에 들어온 것보다 일찍 들어온 거예요. 술을 먹고 들어오면 완전히 취해서 업혀온 거보다 낫잖아요. 항상 더 심각한 경우보다 낫다고 생각하는 겁니다. 그래도 들어오는 게 나아요, 안 들어오는 게 나아요? 들어오는 게 낫잖아요. 절대 남편이 잘했다는 게 아니에요. 어차피 일어나 버린

일인데 상황을 긍정적으로 보는 게 자신을 위해 좋다는 뜻이에요.

이런 마음을 갖기 위해서는 먼저 자기 부모에 대해 긍정적으로 볼 줄 알아야 합니다. 부모로부터 화를 물려받았다는 것은 부모를 부정적으로 보는 거예요. 어릴 때 엄마 아빠가 싸우는 모습을 본 거지요.

그런데 결혼해서 살아 보니 싸울 일이 있어요, 없어요? 있죠. 화낼 일도 있잖아요.

'아, 어릴 때 우리 엄마가 어른 같았지만 내가 3, 40대가 되어 보니 이 나이도 별거 아니구나. 아빠가 사업이 안 되고 하니까 그때 술을 자주 드셨구나. 아빠, 죄송해요. 내가 당시 어려서 이해를 못 했어요. 엄마도 이런 아빠하고 함께 사느라고 참 마음고생 많이 했겠네요. 게다가 저까지 말을 안 들었으니 저한테 화를 내고 그랬군요. 엄마, 참 고생 많이 하셨어요.'

이렇게 부모를 이해하는 마음을 자꾸 내면서 당시 이해하지 못해서 부모를 미워한 것에 대해 참회를 하는 거예요. 내가 잘못했다는 것이 아니라, 부모를 이해하지 못하고 미워한 것을 참회하는 겁니다. 그러다 보면 마음속에 있는 부모에 대한 부정적인 인식을 소멸시킬 수 있어요.

이런 방식으로 어머니, 아버지에 대해 긍정적으로 보는 연습을 하는 겁니다. 이것이 첫째예요. 그러면 마음속에 있는 화가 완전히 사라지느냐, 그건 아니에요. 두 번째는 배우자와의 사이에서 갈등이 일어나지 않도록 노력해야 해요. 남편이 잘해서 갈등이 안 일어나는 것은 나에게 아무런 공덕이 안 됩니다. 내가 수행을 해서 갈등이 안 일어나야 해요.

예를 들면 남편이 술 먹고 들어오는 모습에 짜증스럽고 화가 났다면 이런 내 모습을 돌이켜 참회를 하는 거예요. 남편에게는 고맙다는 감사기도를 해야 해요.

'성질도 나쁜 여자를 그래도 달래 가면서 관계를 잘 유지해 줘서 감사합니다.'

이렇게 기도하는 겁니다.

자녀에 대해서는 어떻게 할까요? 아이가 화를 내거나 짜증을 내면, '저것이 다 나로부터 왔구나'라고 생각해야지, 애하고 맞대응해서 화를 내서는 안 됩니다.

'미안하다. 나 때문에 네가 고생이 많구나.'

이런 마음을 내면 애가 화를 내고 짜증을 내도 "그래, 알았다, 알았다." 이렇게 대응할 수가 있어요. 이것은 '오냐오냐'하며 어리광을 받아 주는 것과는 성격이 다릅니다. 아이의 마음을 온전히 이해해 주는 거예요.

하지만 엄밀히 말하자면 남편이 어떻든 자식이 어떻든 괴로워할 필요가 없어요. 이런 것들 때문에 괴로워한다면 죽을 때까지 괴로움 속에서 살아야 해요.

가령 계단을 내려가다 넘어져서 한쪽 다리가 부러졌어요. 부러진 다리를 쥐고 '아, 재수 없게 왜 다리가 부러졌을까.'라고 생각하면 부정적으로 생각하는 것이고, 부러지지 않은 다리를 잡고 '아이고, 그래도 한쪽 다리는 안 부러졌네.'라고 생각할 수 있다면 긍정적으로 보는 거예요.

똑같은 일을 두고도 긍정적으로 사물을 보는 사람이 있고, 부정적으로 보는 사람이 있어요. 대부분의 사람들은 자기에게 일어난 일을 부정적으로 보는 습관이 있어요. 무조건 부정적으로 보는 거예요. 이런 것들이 반복되면 우리는 불행해집니다. 이때 수행이 필요해요. 수행은 인생을 부정적으로 바라보는 눈을 긍정적으로 볼 수 있게 계속 연습해 가는 과정이라고도 할 수 있어요.

절망감, 욕심에서 나온다

"안 되는 게 되는 거다."

서암 큰스님께서 주신 지침입니다.

자전거를 배울 때 '못 타는 게 타는 중이다.', '넘어지는 게 바로 타고 있는 중이다.' 이 말은 굉장히 중요한 의미예요. 타다가 넘어지는 것은 실패가 아니라, 지금 자전거 타기를 배워 가는 중이라는 겁니다. 성공으로 가는 중이라는 말이에요.

컴퓨터를 하든, 운전을 하든, 피아노를 치든 처음에는 다 서툽니다. 서툴기 때문에 하기 싫어해요. 그러나 반드시 이 과정을 거쳐야 합니다. 많은 연습을 해야 해요. 그런데 대부분의 사람들은 노력하지 않고 저절로 잘할 수 있기를 바랍니다.

운전면허증을 막 딴 사람이 운전대를 잡으면 저절로 운전 잘하기를 바라고, 배우지도 않고 저절로 자전거를 탈 수 있기를 바라지요. 이것은 욕심입니다. 피아노를 배우고 싶다는 게 욕심이 아니라, 연습은 안 하면서 30년 동안 연습한 사람처럼 잘하고 싶다는 것이 욕심입니다. 무엇이든 배우는 과정이 필요해요.

스님의 법문을 듣고 고개를 끄덕이고도 문밖을 나서면 실천하기가 어렵지요? 마음과 달리 과거의 습관대로 행동하게 됩니다. 경계에 딱 부딪히면 무의식적으로 그냥 원래대로 돌아가 버립니다. 찰나의 무지예요.

이 습관을 고치려면 어떻게 해야 할까요? 노력이 필요해요. 연습이 필요합니다. 이치와 원리에 맞는 길로 가기 위해 계속 연습해야 합니다. 당장은 안 되더라도 분명한 목표를 갖고 계속 연습해 가는 과정을 '수행'이라고 합니다.

불교에서는 '찰나에 깨어 있어라.', '순간순간 깨어 있어라.'고 합니다. 매순간 깨어 있지 못하기 때문에 무의식대로 행동하는 거예요. 만약 놓쳤다면 다시 '아이고, 내가 놓쳤구나!' 이것을 깨달아 계속 깨어 있는 연습을 하면 됩니다. 이런 방법으로 무의식의 세계를 바꾸는 거예요. 무의식의 세계가 바뀐다는 것은 바로 마음이 바뀐다는 말이고, 카르마가 바뀌고 운명이 바뀐다는 말입니다.

변화하는 데는 연습이 필요합니다. 이 연습이 바로 수행입니다. 이치를 모르는 사람이 수행하는 것은 그냥 헤매고 있다고 할 수 있어요. 이것은 수행이 아니에요. 이치를 먼저 알고 그 이치대로 안 될 때 이치대로 되려고 노력하는 것을 수행이라고 말합니다.

그러기 위해서는 첫째, 견도(見道)를 얻어야 합니다. 법의 이치, 마음의 원리, 몸의 원리, 사물의 원리를 알아야 해요. 과학자처럼 이치를 알아야 해요.

다음으로 수도(修道)를 해야 합니다. 법의 이치와 원리를 알았어도 현실 속에서 실천이 안 됩니다. 이것은 무지에서 이미 이루어진 습관이 주인 노릇을 하기 때문이에요. 이때는 이치대로 가려는 연습이 필요합니다.

수행하는 과정에서 잘 안 되는 게 정상이에요. 어린아이가 자전거를 타려고 연습할 때 넘어지는 게 정상입니다. 수행이 잘 안 된다고 한탄할 필요가 없어요. 안 된다고 한탄하는 것은 욕심이에요. 백 번 해야 할 일을 두 번 해놓고 안 된다고 좌절하는 것은 쉽게 얻겠다는 욕심입니다. 좌절과 절망감은 욕심에서 나옵니다. 여러분이 뭐가 안 됐을 때 절망하는 마음이나 좌절하는 마음이 들면 여기에 욕심이 숨어 있다고 보면 돼요.

욕심이 없는 사람에게는 무언가 잘 안 이루어지는 게 아무런 문제가 안 됩니다. 안 되면 어떻게 하면 될까요? 또 시도하면 되는 거예요. 백 번 해서 안 되면 어떻게 하면 될까요? 백한 번째 시도하면 돼요. 천 번 해도 안 된다고요? 그럼, 천한 번째 시도해 보면 됩니다. 같은 것을 계속 반복한다는 뜻이 아니에요. 연구해서 되도록 하

는 거예요. 그러면 능력이 생깁니다. 반복할수록 능력이 생겨요. 수행을 계속하면 능력이 커지는 거예요.

하루에 화를 열 번 냈던 사람이 이 이치를 닦으면 하루에 다섯 번, 세 번, 나중엔 두 번 내게 됩니다.

"너, 수행한다더니 아직도 화내네."

이 말은 맞습니다. 그런데 옛날하고 비교해서 화내는 게 줄어들었다면 지금 수행하고 있는 중이에요. 또 과거에는 성질 한 번 팍 내면 3일 갔는데 요즘은 10분도 안 돼서 딱 돌이키고 웃습니다. 이게 얼마나 이익입니까. 화를 내는 것은 똑같은데 횟수가 달라지고, 지속 시간이 확 줄어든 겁니다. 그렇다면 이 사람은 지금 닦아 가고 있고, 발전해 가고 있는 중인 겁니다.

이런 모습을 보면서 수행하는 데 희망을 가져야 해요. 그래야 나날이 발전합니다. 자전거를 타다가 세 번, 네 번 넘어지면 자전거 바꿔 달라고 자전거 타령을 하거나 '나는 안 되나 보다.'며 자학하면서 포기해 버리면 넘어질 일은 없지만 아무것도 이룰 수 없어요.

운전을 안 하면 사고 날 일이 없어요. 나도 운전면허증 따고 30년이 됐는데 아직 운전을 한 번도 안 해서 무사고 30년입니다. 그린카드예요. 운전을 안 하니 사고 날 일이 없죠. 30년 동안 한 번도 사고를 안 냈어요. 비록 실패는 안 했지만 아무런 공덕이 없습니다.

실패한다는 것은 시도를 했다는 얘기예요. 그래서 사람들이 저한테 와서 "스님, 잘 안 되는데요."라고 말하면 칭찬해 줍니다. 시도하고 있다는 뜻이기 때문이에요. 안 되는 게 중요한 게 아니라 하고 있다는 게 중요한 겁니다.

"괜찮아요, 한 번 더 해보세요."

"내가 볼 때는 스무 번은 해야 되겠는데, 이제 두 번 해놓고 뭘 그래요. 더 해보세요."

"이렇게 하니까 안 되잖아요. 다른 방식으로 한 번 해보세요."

낙담하지 말고 연구를 하면서 계속 발전해 나가야 해요. 그러기 위해서는 항상 생활 속에서 마음공부를 해야 합니다.

수행의 과제를 멀리서 찾지 마세요. 《금강경》을 몇 번 읽었는가, 이런 걸 수행의 과제로 삼지 말라는 거예요. 일상생활 속에서 자신이 괴로움을 겪는 것, 고쳐야 할 점 등을 수행 과제로 잡는 게 좋아요. 그런 다음 될 때까지 꾸준히 수행해야 합니다. 그런데 수행은 하지 않고 요행만 바라면서 안 되는 것 같다고 계속 묻습니다.

아이가 자전거 타다가 한 번 넘어졌다고 와서 묻고, 다시 한 번 넘어지면 또 와서 묻지는 않지요? 한 번 가르쳐 주고, 연습하다 몇 번 더 넘어지고 나면 할 이야기가 생깁니다.

"서너 번 시도했는데도 계속 넘어지는데 뭐가 잘못되었을까요?"

"어떻게 했는데요?"

"왼쪽으로 넘어질 때는 안 넘어지게 핸들을 오른쪽으로 탁 꺾었는데 넘어지고, 오른쪽으로 기울어질 때는 왼쪽으로 꺾었는데 넘어지던데요."

"그건 거꾸로 한 거예요. 왼쪽으로 기울어질 때는 왼쪽으로 핸들을 꺾고, 오른쪽으로 넘어질 때는 오른쪽으로 핸들을 꺾어야 오히려 안 넘어지죠."

"아, 내가 거꾸로 했구나. 다시 해봐야겠어요."

이렇게 해보면 한두 번 넘어지고 그 다음에 탈 수 있게 됩니다. 그래서 원리가 중요한 거예요. 또 원리도 중요하지만 이것을 익히는 연습도 중요해요. 무조건 연습하는 것이 중요한 게 아니라 원리에 맞게 해야 합니다. 이런 과정을 꾸준히 밟아 가며 하나하나 공부하다 보면 누구나 자신의 문제를 해결할 수 있습니다.

그냥 놓아라

'아, 이것이구나!'

이렇게 진리를 깨달았다면 단박에 마음이 멈춰야 해요. 그런데 우리는 맛있는 음식인 줄 알고 먹은 것이 쥐약인 줄 알았는데도 움켜쥔 채 자꾸 변명을 합니다.

"그릇이 예뻐서요."

"저분이 나를 위해서 사줬는데요."

"맛이 정말 좋잖아요."

이 말은 무슨 뜻이에요? 그래도 먹고 싶다는 말이에요. 이런 식으로 계속 얘기할 때는 두 가지로 설명할 수 있어요.

하나는 쥐약인 줄 확실히 모른다는 거예요. 확실히 안다면 이런 얘기를 할 수가 없습니다. 다른 하나는 쥐약인 줄은 알지만 살아온 삶의 습관, 즉 '죽더라도 저거 한번 먹어 봤으면 좋겠다.' 하는 과거의 습관 때문에 미련을 못 버리는 거예요.

그러나 확실히 쥐약인 줄 알면 어떤 미련도 없이 탁 끊을 수 있습니다. 여기 뜨거운 불덩어리가 있다고 칩시다. 손으로 만지면 "앗, 뜨거!" 이러면서 단박에 놓게 되고 그러면 끝입니다. 어떻게 놓았느냐, 이런 건 없습니다. 이것은 방법의 문제가 아니니까요.

"아니, 그걸 어떻게 났니까?", "이걸 어떻게 하면 놓습니까?"

이런 질문이 나올 수가 없는 거죠. 뜨거운 줄 알면 저절로 놓아지는 거예요. 뜨겁다고 소스라치게 놀라면서 단박에 놓게 됩니다. 그런데 이걸 쥐고 계속 뜨거워 죽겠다며 괴로워해요.

"놓아라."

"어떻게 놓는데요?"

불덩어리를 쥐고 손이 막 타들어 가는데도 뜨거워 죽겠다고 아우성만 쳐요. 그래서 이것을 놔 버리라고 했는데, "어떻게 놓는데요?" 하고 물어보면 뭐라고 얘기해야 해요?

"그냥 놓아라."

놓는 데 별다른 방법이 없어요. 방법이 없어 못 놓는다는 뜻이 아니라, 방법이 필요 없다는 말이에요. 그냥 놓는 거예요. 그런데도 뜨겁다고 비명을 지르고 있다거나 또 방법을 몰라서 못 놓는다고 묻는다면, 이것은 무슨 얘기예요? 놓기가 싫은 거예요. 놓기 싫어서 안 놓는 거지, 방법을 몰라서 안 놓는 게 아니에요. 놓기 싫다는 생각에 사로잡혀 있는 겁니다.

상대방이 엎어지면 엎어진 대로, 술 마시면 술 마시는 대로, 오면 오는 대로 받아들여야 합니다. 자기가 하기로 해놓고도 못하면 이 핑계 저 핑계 대지 말고, 부끄러워하지도 말고, 그 자체를 인정하고 받아들여야 합니다.

자기 자신과 현재의 상황을 받아들이지 않는 것은 허상에 사로잡혀 꿈속에 사는 겁니다. 예를 들어 노래할 줄 모른다고 안 하겠다고 빼는 것은 노래를 못하는 자기 모습을 남들에게 보이기 싫은 거예요. 겸손한 게 아니라 자기 잘났다는 말입니다. 자기를 놓아 버리면 그렇지 않습니다.

"노래 한 곡 해보세요."

"네, 알았습니다. 산토끼 토끼야."

이렇게 그냥 부르면 됩니다. 그런데 우리는 잘해서 칭찬을 들으려고 합니다. 이것은 자기를 쥐고 있는 거예요. 탁 놓으면 욕을 들어도 그만, 칭찬을 들어도 그만이에요. 이러면 나사 하나가 빠진 사람처럼 보일 수도 있지만 갈등은 덜 생깁니다. 스스로를 놓아 버려야 하는데 놓아지지 않는 것이 현실입니다. 현실을 있는 그대로 받아들이세요.

'아이고, 내가 또 내 자신에 집착했네. 나 잘났다고 또 설치는구나.'

이렇게 수용해야지 미워하면 안 됩니다. 그냥 인정하세요.

다른 사람이 "당신은 화를 벌컥 내고 심보가 왜 그래?" 할 때 "아이고, 글쎄 말입니다. 제 심보가 문제네요." 이러면 아무 문제가 안 됩니다. 상대가 나에게 심보가 더럽다고 해도 "그래, 내가 생각해도 심보가 좀 문제다." 하고 인정하면 누가 뭐라고 하겠어요?

그런데 "내 심보가 어때서요?" 하니까 "아이고, 저 소갈머리 좀 봐라." 하면서 자꾸 갈등이 생기는 거예요. 배우자가 뭐라고 할 때 "그러게, 나도 좀 문제네요." 하고 넘어가면 아무런 문제가 없습니다.

그런데 대부분 변명을 하려고 합니다. 무슨 수를 써서라도 변명하면서 내가 옳고 네가 틀렸다는 것을 보여 주려고 합니다. 그러다 보니 싸움이 되는 거예요. 가볍게 인정하고 받아들이면 별것 아닌데 말이에요.

인정한다고 해서 내가 못나 보이거나 상황이 나빠지는 것도 아니에요. 단지 그때 일어나는 한 생각일 뿐이에요. 오히려 가볍게 내려놓지 못해서 싸움을 만들고, 내내 이 문제를 들고 다니기 때문에 괴로움이 사라지지 않는 겁니다. 이 이치를 잘 살펴야 합니다.

내 삶의 주인으로 살기

　과학자는 이 세상 만물에 대한 이치를 연구합니다. 의사는 우리 몸이 어떻게 작동하고, 어떻게 하면 아픈 사람을 낫게 할 수 있을지를 연구합니다. 우리가 어디가 아픈지 몰라 헤맬 때, 의사는 딱 보고 고쳐줍니다.

　자동차가 고장났을 때 저는 어디가 고장 났는지 몰라서 발로 차고 밀어 보아도 소용없지만, 자동차 정비를 잘하는 사람은 시동소리만 들어 봐도 어디에 이상이 있는지 찾아냅니다. 그리고 조금만 손보면 자동차가 움직입니다. 마음의 병도 마찬가지입니다. 마음이 어떻게 작용하는지 그 원리만 알면, 죽을 것처럼 힘들어하는 사람도 쉽게 치료할 수가 있습니다.

　부처님은 과학자이자 사람의 마음병을 고치는 의사와 같은 분입니다. 부처님의 가르침은 인간을 고뇌로부터 벗어나게 해줍니다. 부처님은 세력을 모으거나 돈을 벌거나 유명해지려고 교화하신 게 아닙니다. 오직 중생을 고뇌에서 벗어나게 해주기 위해서, 중생이 자유롭고 행복할 수 있도록 평생을 설법하고 교화하셨어요. 그분의 가르침에 조금만 주의를 기울이고 살펴보면, 어떻게 하면 좀 더 자유로워지고 행복해질 수 있을지 그 원리를 알 수 있습니다.

의학 서적은 많이 읽었는데 실제로 병을 치료하지 못하는 사람이 있습니다. 자동차에 대한 지식은 많은데 실제로 고장 난 자동차를 못 고치는 사람도 있고, 불교에 대한 지식은 많은데 실제로 자기 마음 관리를 못하는 사람도 있습니다. 불교학 박사를 따서 불교학과 교수라면서도 제 배우자와 싸우고 자식 문제를 해결하지 못해 마음고생을 하는 사람들이 있어요.

이들에게 불법이 무슨 의미가 있을까요? 그들이 잘못했다는 것이 아니라, 이때 불교는 단순히 하나의 학문, 이론, 지식일 뿐 진리로서의 불법은 아니라는 거예요. 여러분은 진리로서의 불법을 공부해야 합니다.

진리로서 불법이라 함은 첫째, 자기의 병을 치유하는 거예요. 화내고 미워하고 원망하는 것, 이것도 다 괴로움이에요. 병도 감기처럼 간단한 것이 있고, 암처럼 중병이 있듯이, 마음병도 쓸쓸하다는 정도면 감기 같은 가벼운 병이고, 증오심 같은 것은 중병에 속합니다. 수행으로 이런 병들을 치유할 수가 있어요.

둘째, 괴로워하는 사람에게 조금이라도 도움이 되는 일을 해야 합니다.

셋째, 우리가 사는 이 세상에 많은 어려움이 있음을 이해하는 겁니다. 예를 들면 환경문제를 들 수 있어요. 환경이 나빠지면 우리가 아무리 착하게 살아도 결국 전 인류가 멸망합니다. 우리가 아무리 바르게 살아도 남북 간에 전쟁이 일어나면 수많은 사람이 죽습니다. 이런 이치를 안다면 세상에서 벌어지는 문제에 관심을 갖고 이런 고통이 오지 않는 토대를 마련해야 합니다.

그러기 위해서 먼저 우리 삶부터 바꾸어야 해요. 민족문제로서 남북 전쟁을 막고, 굶어 죽는 북한동포들을 한 명이라도 살릴 수 있게 노력하면서 우리 민족의 숙원인 평화통일을 이루는 데 관심을 가져야 합니다. 이것은 수행과 따로 떨어진 것이 아니에요. 부처님이 수행을 하셔서 깨달은 것과 부처님이 중생을 위해 교화한 것이 별개가 아닙니다.

우리는 매일 수행 정진해야 합니다. 그리고 삶에서 부닥치는 문제를 수행의 과제로 전환할 수 있어야 해요. 수행한다고 산속으로 머리 깎고 들어가는 것이 아니라, 삶을 늘 수행의 과제로 보고 해결해 가는 겁니다. 일상생활 속에서 늘 점검하면서 스스로를 변화시켜 나가야 해요.

두 사람이 사업을 했어요. 이때 한 사람은 실패했다고 괴로워서 자살하지만, 자기 점검을 한 사람은 사업에 실패해도 허허허, 웃으면서 다시 시도합니다. 사업에 실패했느냐 성공했느냐가 중요한 게 아니에요. 성공하면 좋지만 설령 실패한다 해도 끄떡없는 사람이 돼야 합니다. 이 정도가 되면 실패니 성공이니 하는 것에 크게 연연하지 않게 돼요. 세상에 끌려다니지 말고 자기 중심을 잘 잡아야 합니다. 내가 내 삶의 주인이 되어야 해요.

길을 가다 보니 두 여인네가 콩밭을 매고 있어요. 한 사람은 주인이고 한 사람은 객인데, 누가 주인이고 누가 객일까요? 조금만 지켜보면 알 수 있습니다. 밭일이 끝나고 A라는 사람이 B라는 사람에게 돈을 줘요. 이때 누가 주인이에요? A가 주인이에요. 주는 사람이 주인입니다.

밭일이 끝나고 A가 B에게 "수고했습니다."라고 해요. 그러면 우리는 A가 주인이라는 사실을 금방 알 수 있어요. "고맙다."고 인사하는 사람이 주인이고, 인사받는 사람이 객이에요. 뭔가 베푸는 사람이 주인이고, 도움을 받는 사람이 객인 겁니다.

요즘은 주인이 되고자 하는 사람이 드물어요. 다 인사받으려고만 합니다. 사랑받으려고만 해요. 이해받으려고만 하고 도움을 받으려고만 합니다. 그러다 보니 항상 객꾼으로 떠도는 거예요. 떠돌이 신세로 늘 헐떡거리면서 사는 겁니다. 먼저 주는 사람이 될 때 비로소 주인이 될 수 있다는 사실을 기억하세요.

스님의 주례사

행복한 결혼생활을 위한 마음 이야기

초판	1쇄 발행 2010년 9월 13일
개정증보판	2쇄 발행 2025년 2월 5일
지은이	법륜
그린이	김점선
펴낸이	김정숙
기획	이상옥 정연서
편집	김유나 이선후 이영희 임지후
디자인	Design714
제작처	금강인쇄
펴낸곳	정토출판
출판등록	1996년 5월 17일(제22-1008호)
주소	06652 서울특별시 서초구 효령로51길 42 (서초동)
전화	02-587-8991
전송	02-6442-8993
이메일	jungtobook@gmail.com
홈페이지	http://book.jungto.org
인스타	www.instagram.com/jungtobooks
ISBN	979-11-87297-81-9 (03810)